내가
　나를
버린 날

BOKU GA BOKU O YAMERU HI

© Ryoya Matsumura 2019

First published in Japan in 2019 by KADOKAWA CORPORATION, Tokyo.

Korean translation rights arranged with KADOKAWA CORPORATION, Tokyo

through JM Contents Agency Co.

내가
나를

버린 날

마츠무라 료야 지음 | 권하영 옮김

BOOK PLAZA

목차

암흑 속에 흐드러지게 핀 벚꽃 아래.
그곳이 타테이 준키의 마지막 장소가 될 터였다.

—죽을 바에야 내 분신이 되지 않을래?

투명한 얼음처럼 차가운 두 눈을 가진 남자였다.

—괜찮아. 세상은 우리에게 관심이 없거든.

그는 아무도 모르는 비밀을 살았다.
그날, 타테이 준키는 '타테이 준키'를 버렸다.

제
1
장

타테이 준키는 옆에서 들려오는 고함 소리에 눈을 떴다.

담요 속에서 몸을 뒤척이다 머리맡에 놓아둔 핸드폰을 집어 들었다. 시간을 확인하니 오전 다섯 시. 원망 섞인 시선을 옆으로 던졌다. 준키와 옆 사람의 공간을 나누는 커튼 밑으로 옆 사람의 발이 삐져나와 준키의 공간을 침범했다. 고목처럼 비쩍 마른 발이었다. 신음하듯 코 고는 소리가 들려왔다.

준키는 다시 눈을 붙일 마음이 들지 않아서 몸을 일으켰다. 두피가 가려워 멍하게 머리를 긁었다. 그 손이 코에 닿자, 땀내가 났다. 마지막으로 목욕을 한 게 그저께였다. 스마트폰으로 요일을 확인해보니 오늘이 목욕 날이었다.

커튼을 젖혔다.

차가운 공기가 흘러들어왔다.

세상모르고 자는 옆 사람 맞은편에 창문이 활짝 열려 있었다. 새벽 거리가 보였다. 엷은 청자색으로 물든 지붕이 죽 늘어섰다. 조금 더 자세히 보고 싶었지만, 방을 가로질러 놓인 베니어합판이 경치를 가렸다.

얼굴 전체에 수염과 머리카락이 덮인 옆 사람이 다시 무어라 끙끙거렸다. 밖으로 삐져나온 발을 다시 담요 속에 집어넣으며 몸을 웅크렸다. 추위에 떠는 것 같기도 했다.

준키는 조금 고민하다가 가능한 한 커튼을 건드리지 않

도록 조심하며 옆 사람의 공간에 침입했다. 뒤꿈치부터 발을 디디며 조용히 창문으로 다가갔다. 걸음을 옮기는데 남자의 지독한 체취가 코를 찔렀다. 걸음을 멈추었다. 옆 사람의 핏기 없는 입술을 보았다. 한숨을 쉬었다. 그리고 창문을 꽉 닫았다.

준키가 차가워진 몸을 문지르며 자기 공간으로 돌아오자, 베니어합판 너머에서 알람이 울렸다. 다른 거주자가 뒤척이는 소리가 났다. 하지만 요란스러운 소리는 멈추지 않았다. 이어서 다른 거주자가 노골적으로 혀를 차는 소리가 방 안에 울리더니, 알람 소리가 멈추었다.

정말 네 명이나 있구나, 라고 새삼 실감했다.

이 네 평짜리 공간에서 거주자 네 명이 함께 지낸다. 베니어합판과 두꺼운 커튼으로 사분한 이 방에는 준키 말고도 노령의 남자 두 명과 중년의 남자 한 명이 함께 산다.

준키는 얼어붙을 듯 추운 아침을 거듭 맞이하며 냉난방기가 사치품이 아닌 생필품임을 깨달았다. 여름이 되면 어떨지 상상만 해도 끔찍했다. 목욕 횟수가 사흘에 한 번에서 이틀에 한 번으로 늘어난다고 하지만, 이웃들이 풍기는 이 악취를 생각하면 언 발에 오줌 누기이다.

제발 그만. 준키는 속으로 그렇게 애원하며 머리를 손으로 빗으면서 방에서 나왔다.

1층 식당에 아침 식사가 준비되어 있었다. 메뉴는 식빵과 삶은 달걀뿐. 애초에 기대도 하지 않았지만, 실제로 보니 맥이 풀렸다.

안경 낀 남자가 식탁 앞에서 컴퓨터로 영상을 보고 있었다. 불법 다운로드 한 영상일 것이다. 그는 아침부터 예능 프로그램을 보며 낄낄거렸다.

준키가 인사했다. 하지만 남자의 시선은 컴퓨터 화면에 붙박여 있었다. 준키는 그의 귀에 꽂힌 무선 이어폰을 발견하고 더 큰 목소리로 그를 불렀다.

남자는 그제야 고개를 들었다.

"응? 아, 준키." 남자가 귀에서 이어폰을 뺐다. "왜?"

그는 준키가 사는 숙박소의 관리인이었다.

준키는 목소리 크기를 줄였다. "저기, 병원 얘기는 어떻게 됐어요?"

남자의 얼굴에서 웃음기가 사라졌다.

"윗선이랑 논의 중이야."

"벌써 사흘이나 지났어요."

"그건 위에서 판단할 거야."

관리인은 다시 이어폰을 귀에 꽂았다. 더는 대화하지 않겠다는 태도였다.

준키는 이 관리인이 가리키는 '위'가 무엇인지 알 수 없었다.

소리치고 싶은 마음을 억누르며 아침 식사로 나온 식빵과 삶은 달걀을 집었다. 집 밖으로 향했다. 관리인과 같은 공간에 있기도 싫었고, 악취로 가득한 방에 돌아갈 생각도 없었다.

신발을 신고 바깥으로 나가자, 습한 바람이 불어왔다. 현관 옆에 붙은 간판이 삐걱거렸다. 그 간판에 적힌 글자를 흘겨보았다.

무료숙박소 '츠바메 하우스'.

열아홉 살 타테이 준키의 거처였다.

공공직업안내소가 문을 여는 여덟 시 반에 맞춰 준키는 걸음을 옮겼다.

낡은 건물 안에는 다양한 연령대의 사람들이 북적거렸다. 준키는 이곳을 자주 드나들다 보니 어떤 사람이 구직자이고 어떤 사람이 채용자인지를 구분할 수 있게 되었다. 발소리의 울림이 다르다. 구직자는 대부분 준키와 비슷하게 힘없는 발소리를 낸다.

공공직업안내소에 있는 기기로 새로운 채용공고를 살펴보았다. 지금의 준키는 일을 가릴 처지가 아니었다. 희망 직종 칸은 비워둔 채, 하고 싶은 일이 아닌 할 수 있는 일을 검색했다. 하지만 읽어보나 마나 불합격할 것이 뻔한 채용공고뿐이었다.

준키는 자신의 분에 맞지 않는 공고임을 잘 알면서도 내용을 인쇄해 접수대로 향했다.

잠시 기다리자, 낯익은 여직원이 준키를 맞아주었다. 준키가 제출한 채용공고를 본 여직원은 예상대로 표정이 좋지 않았다. 소개가 어려운 이유를 구구절절 설명한다. 준키는 그저 고개를 끄덕였다. 애초에 소개받을 수 있으리라 기대한 적도 없다. 생활보호 대상자 자격을 유지하기 위해서 구직 실적이 필요했을 뿐이다.

이 여직원에게는 이미 여러 번 상담을 받았다. 준키와 비슷한 또래에 숏컷인 여자였다. 어쩌면 준키보다 어릴 수도 있는데, 준키는 줄곧 이 여직원이 자신보다 연상이기를 바랐다. 알량한 자존심을 지키고 싶었다.

여직원은 준키가 원하는 사무직으로 취직하려면 최소한의 컴퓨터 사용 능력이 있어야 한다고 말했다. 준키는 한창 워드와 엑셀 강좌를 듣는 중이었다. 사무직으로 일할 능력은 아직 없다.

하지만 준키는 육체노동을 할 수도 없었다.

반년 전, 파견 일용직으로 일하던 중에 허리를 다쳤다. 항구에서 대두가 가득 든 포대를 트럭에 싣다가 갑자기 극

심한 통증을 느껴 일어설 수 없게 되었다. 허리에 무리가 가는 노동을 종일 강요당한 탓이었다. 원래부터 불법 작업장이었다고 한다. 준키는 중노동이 성행하기 십상인 항만에서 파견직으로 일하는 게 법으로 금지되어 있다는 사실을 나중에야 알았다.

"허리가 나으면 요식업이나 돌봄 관련 일을 소개할 수 있을 텐데…." 직원은 안타까운 표정을 지었다. "준키 씨, 병원에는 가보셨어요?"

"이제 가려고요."

직원의 얼굴에 걱정이 묻어났다. 목소리를 줄이며 말한다.

"원래는 이렇게까지 깊이 파고들지 않는데, 준키 씨가 사는 숙박소, 건전한 곳 맞아요?"

"건전한 곳이었으면," 준키는 농담인 양 말했다. "수급자증을 돌려줬겠죠."

역시, 하며 직원은 한숨을 쉬었다. 준키에게 안타까운 눈빛을 던졌다.

"어째서 그런 질 나쁜 숙박소에…?"

준키는 자신의 처지를 단적으로 설명했다.

고등학교를 중퇴한 뒤 혈혈단신으로 기숙사가 딸린 기업에 들어가 일했지만, 회사가 금방 망해버렸다. 천천히 취업 준비를 할 여윳돈이 없어 PC방에서 숙박을 해결하고 일용직 노동을 하면서 지내다가 허리를 다치는 바람에 일할 수 없게 되었다. 국가의 도움을 받아 복지사무소 상담원에게 '츠바메 하우스'를 소개받았다.

"상담원의 소개로요…?" 직원이 의외라는 듯 눈을 크게 떴다.

"그 상담원도 건전한 곳이 아니라는 걸 알고 있었어요."

복지사무소 상담원은 미안한 표정으로 달리 빈 시설이 없다고 설명했다. 20세 이하가 묵을 수 있는 자립지원시설이나 자립지원센터도 사람을 받을 여유가 없었다.

"부모님이든 친척이든, 의지할 사람은 없어요?" 여직원이 이해할 수 없다는 듯 물었다.

"어머니는 돌아가셨어요. 아버지는 살아 계시지만, 연락이 닿지 않아요."

"그렇군요…."

"의지할 사람 같은 거 없어요. 처음에는 생활보호 대상자에도 못 들어갔는걸요."

일을 못 하게 된 준키는 국가기관에 의지했지만, 그곳에서 받은 대접은 허접하기 짝이 없었다. 그들은 준키가 뒤에서 아버지의 지원을 받고 있을 것이라고 지레짐작했다. 허리 부상을 증명하는 진단서를 떼어 오라는 말만 반복했다. 그럴 돈이 없다고 설명했지만 들어주지 않았고, 다른 부서로 뺑뺑이를 돌릴 뿐이었다.

결국 준키는 츠바메 하우스를 운영하는 복지법인에 기댈 수밖에 없었다. 나중에 다른 거주자와 이야기하다가 그 복지법인이 엉터리 법인임을 알았다. 건전한 복지사업인 척 꾸며서 노숙자들에게 생활보호 신청을 하게 하고 매달 국가보조금을 떼먹는 범죄 집단. 그들의 손을 빌리지 않으면 준키는 생활보호비를 받을 수 없었다.

"여기는 공공직업안내소니까 다른 기관이 한 일을 왈가왈부할 수는 없지만,"

직원이 볼펜 뚜껑을 닫았다.

"우선 생활을 개선해야 해요. 복지사무소에 다시 상담해서 그 숙박소에서 나오든지 병원에 가든지 둘 중 하나예요. 직장은 그다음에 찾아봐요."

준키는 작게 고개를 끄덕이고 자리에서 일어났다.

이제 여기에는 올 일이 없겠다고 속으로 생각했다.

생활보호 수급자가 의료지원을 받으려면 복지사무소에서 의료권을 발행해야 한다. 준키가 사는 지역에서는 의료권을 받으려면 수급자증과 인감도장이 필요하다. 츠바메 하우스의 관리자에게 그것들을 돌려받아야 한다.

의료권 없이 병원에 갈 수 있는 돈은 어디에도 없다. 매달 나오는 생활보호비는 관리자가 약 80퍼센트를 떼간다. 준키에게 돌아오는 돈은 한 달에 3만 엔 정도. '츠바메 하우스'에서 제공되는 질 낮은 식사로는 배가 차지 않아서 간식도 필요했다. 영양 균형이 잡힌 식사도 아니라서 때로는 건강보조식품을 사야 했다. 스마트폰 요금을 내고 당장 필요한 옷 따위를 사면, 준키가 자유롭게 쓸 수 있는 돈은 겨우 몇백 엔. 컵라면 매대 앞에 서서 일반 상품보다 몇십 엔 저렴한 PB상품을 사야 하나 고민하는 나날이었다. 그렇게 고민 끝에 산 음식마저 '츠바메 하우스' 안에서 도난당할 때면 말문이 막힐 정도로 비참한 감정에 휩싸였다.

귀가한 준키는 먼저 관리인에게 갔다.

그는 아침과 똑같은 자리에서 신나게 인터넷 게임을 즐겼다.

"저기, 지금 시간 되시나요?" 준키가 말을 꺼냈다. "저 당장이라도 병원에 가야겠어요."

관리인은 떨떠름한 표정으로 대답했다.

"위랑 논의 중이라고."

"제가 병원에 간다는데 논의할 게 뭐가 있어요? 수급자증이랑 인감도장 돌려주세요."

"안 돼. 둘 다 내가 일괄적으로 관리하는 게 규칙이야."

"그럼 나갈게요. 거부하면 관공서에 신고할 거예요."

준키가 단호한 목소리로 내뱉자, 관리인의 눈썹이 미세하게 움직였다.

"신고해서 어쩔 건데?"

관리인은 칼날처럼 날카로운 시선을 던졌다.

"너, 달리 갈 곳이 없어서 여기 온 거잖아?"

준키는 비통하게 고개를 숙였다.

관리인은 눈으로 '넌 어차피 또 비슷한 시설에 가게 될 뿐이야'라고 말하는 듯했다. 한편으로는 준키를 가엾게 보는 것 같기도 했다.

사실이었다. 지금의 준키는 허리도 아프고 고등학교를 중퇴한 데다 자격증도 없는 백수였다. 결국 병원에 보내 달라고 복지사무소에 울고불고 매달리는 수밖에 없었다.

준키는 주먹을 꽉 쥔 채 어깨를 떨었다.

그러자 관리인이 갑자기 익살스럽게 웃어 보였다.

"원래 같았으면 그렇게 말하면서 내쳤겠지만, 상황이 바뀌었어."

관리인은 조금 전과 사뭇 다르게 밝은 표정을 지으며 컴퓨터 화면을 검지로 두드렸다.

"너, 우리 쪽으로 들어와."

준키는 네? 라고 목소리를 높였다.

"윗분의 지인이 너를 채용하고 싶대. 아까 연락이 왔어."

"채용…?"

"흔치 않은 일이다. 아주 드문 기회야."

상상도 못 한 제안에 준키는 눈을 휘둥그레 뜬 채 얼어붙었다. 관리인은 준키의 반응이 재미있는지 이를 보이며 웃었다.

"여기 있는 다른 놈들이랑 달리 넌 아직 젊으니까. 잘됐네. 넌 이 똥통에서 벗어나 관리자로 거듭나는 거야."

관리인이 팔꿈치로 준키의 옆구리를 찌르며 웃었다. 후배가 생겨서 좋아하는 고등학생 같은 몸짓이었다.

들뜬 그와 달리, 준키의 마음은 차분했다.

"그러니까… 이 건물 같은 곳을 관리하라는 말인가요?"

"뭐, 그 비슷한 일이겠지."

관리인이 대수롭지 않게 말했다.

그동안 봐온 관리인의 행태가 준키의 머릿속에 떠올랐다. 매일 아침 컴퓨터 앞에 앉아 빈둥거리면서 에어컨을 틀어달라는 사소한 부탁을 무시했다. 기분이 나쁠 때는 다른 거주자를 때렸다. 술을 마시면 '조직폭력배가 내 백이다'라는 양아치 같은 말을 되풀이하며 대단치도 않은 무용담을 자랑했다.

"…안 합니다."

준키는 저도 모르게 그렇게 대답했다.

죽기로 했다.

숙박소에서 나오며 각오를 굳혔다.

선택지는 두 가지였다. 관리인처럼 약자에게서 돈을 착취할 것인가. 지금 깨끗하게 죽을 것인가.

누구의 탓도 아니다. 누구의 잘못도 아니다. 그저 준키가 그런 별에서 태어났을 뿐이다. 신이 하늘에서 던진 돌이 우연히 준키에게 떨어져 선택을 받았다. 열아홉 살에 자살할 운명으로. 축하드려요, 하며 천사가 팡파르를 울린다.

준키가 평소 자주 가는 곳은 상점가 한쪽 구석에 있는 물품보관함 앞뿐이었다. 가림막이 없는 탓에 비바람을 맞아 녹슨 물품보관함은 역 안에 있는 보관함보다 이용료가 100엔 저렴했다. 10년 전에는 주황색이었을 테지만, 지금은 색이 바래 칙칙한 분홍색을 띠었다.

물품보관함 안에 든 물건은 겨울 코트, 중학교 졸업앨범, 한참 과거 모델인 디지털카메라, 휘갈겨 쓴 일기장, 중퇴한 고등학교 학생증. 숙박소에 그냥 두면 도난당할까 봐 이곳에 맡겼는데, 곧 죽을 지금에 와서는 이런 물건들을 지키려고 매일 300엔을 쓴 자신이 한심했다.

시신의 신원을 밝혀낼 단서가 될 것 같아서 코트를 제외한 물건들을 가방에 욱여넣었다. 코트는 역 벤치에 버렸다.

준키와 처지가 비슷한 사람이 가져갈지도 모른다. 어차피 겨우 2천 엔에 산 헌 옷이었다.

무거워진 가방을 짊어지고 상점가를 걷자니 마음마저 무거워졌다.

항상 이랬다. 가게에 들어가지 못하고 지나쳐야만 하는 자신이 한없이 비참했다.

여행사 앞에 닛코 버스투어를 광고하는 벽보가 붙어 있었다. 1박 2일, 2만 5천 엔. 이탈리안 레스토랑 앞에는 입간판. 디너 코스 3천 5백 엔부터. 은행에 붙은 포스터는 펀드상품을 추천했고, 보험회사는 보다 안전한 라이프 플랜을 제시했다. 옷가게에는 5만 엔이 넘는 겨울 코트, 제과점에는 하나에 3천 엔인 가족용 케이크. 향수 가게에서는 '연인을 위한 선물'이라는 문구가 붙은 작은 병이 반짝였다.

모두 준키와는 무관했다.

아무도 가난한 사람을 찾지 않는다. 천 엔짜리 지폐를 필사적으로 움켜쥐는 사람은 안중에도 없다.

—이 세상에는 내가 필요하지 않다.

넘쳐나던 친구들은 다 떠났다. 자꾸만 돈을 꿔 달라고 하는 준키에게 정이 떨어져서.

이런 인간은 죽는 수밖에 없다.

미련을 끊으려고 편의점에서 비싼 위스키와 프라이드치킨을 샀다. 전 재산이 날아갔다. 이제 PC방에서 잠을 청할 수도, 패스트푸드점에서 밤을 새울 수도 없다.

전 재산을 잃자, 어쩐지 마음이 홀가분해졌다.

이제 죽을 장소를 고르기만 하면 된다. 다행히 후보가 있었다.

무료숙박소 근처에 벚꽃을 구경할 수 있는 공원이 있다. 큰 하천을 따라 벚나무가 심겨 있다. 마침 벚꽃이 피는 시기였다. 삶의 마지막 순간, 흩날리는 벚꽃과 함께 지는 것도 운치 있으리라.

공원 한편에 다다르자, 준키는 벚꽃을 구경하면서 위스키를 홀짝였다. 생애 마지막 밤술이었지만, 준키의 혀에는 저렴한 술과 별반 다르지 않게 느껴졌다. 발포주만 사도 충분했을 것을. 그렇게 자조하는 동안 사람들이 하나둘 공원을 떠났다.

새벽 두 시.

추위에 몸이 떨리자 낮에 버린 코트가 눈앞에 어른거렸다. 밤이 이렇게 추우니, 시신은 아침까지 발견되지 않을 것이다. 준비해온 비닐 끈을 벚나무에 묶었다. 딱 좋은 높이였다. 이제 나무를 밟고 올라가 끈으로 만든 고리에 목을 집어넣기만 하면 된다. 조금 망설이다가 스마트폰에 유

언을 녹음하려고 했지만, 배터리가 얼마 남지 않아 관두었
다.

버스 손잡이를 잡듯 끈을 당겨 튼튼한지 확인했다. 공원
에서 가장 큰 벚나무 가지는 힘을 주어도 흔들리지 않았
다.

이제 삶을 끝내려고 준키가 나무줄기에 발을 올릴 때였
다.

"너, 혹시 죽을 거야?"

뒤에서 목소리가 들렸다.

돌아보니 키 큰 남자가 서 있었다. 피부가 희고 안경을
낀, 10대 같기도 하고 20대 같기도 한 청년. 아직 쌀쌀한 3
월 말 한밤중인데 단출하게 흰 와이셔츠와 검은 바지를 입
고 있었다. 하지만 그보다도, 모든 것을 꿰뚫어 볼 듯한 어
두운 두 눈동자와 인사치레용 미소조차 찾아볼 수 없는
무표정이 인상적이었다.

"…맞아."

준키는 그 수상한 남자에게 자살할 의지를 숨기지 않았
다. 이제 와 숨길 필요도 없었다. 죄책감도 없었다. 준키의
선택은 흔들리지 않을 것이고, 어차피 그와는 무관한 이야
기였다.

그가 자살을 말릴까 봐 경계하던 준키에게 그는 손을

내밀었다.

"그럼 지갑 줘."

준키는 말문이 막혔다.

설마 돈을 내놓으라고 할 줄은 몰랐다.

"진짜 죽을 거면 줄 수 있잖아."

남자는 재촉하듯 손을 내밀었다. 표정에는 약간의 미동
도 없었다.

어쩌면 '사실 자살할 용기도 없는 주제에'라고 에둘러 비
꼬는 것일지도 모른다. 그런 생각이 들자, 준키는 코웃음을
쳤다.

한 치의 거짓도 없이 죽을 생각이다. 겨우 지갑 따위에
흔들릴 리가 있나.

"100엔도 안 남았어."

"됐으니까 줘봐."

준키는 가방에서 지갑을 꺼내 던졌다. 남자는 현금에 눈
길도 주지 않고 카드 수납 칸을 뒤적였다. 그러더니 개인번
호카드(일본에 거주하는 사람들을 식별하기 위한 번호가 적힌 카
드. 한국의 주민등록증과 비슷한 개념이지만 외국인에게도 발급
된다. ─ 옮긴이 주)를 꺼냈다. 지금의 준키가 가진 유일한 신
분증이었다.

"타테이 준키, 열아홉 살이군." 남자는 여전히 무표정하

게 고개를 끄덕였다. "드디어 찾았다."

순간 남자가 가볍게 미소 지었다. 그는 준키의 신분증을 자기 주머니에 넣었다.

"준키, 죽을 바에야 내 분신이 되지 않을래?"

무슨 의미인지 몰라 준키가 얼빠진 표정을 짓자, 남자가 말을 이었다.

"내 이름으로 집을 구하고 내 합격통지서로 대학교에 다니고 내 학생증으로 아르바이트를 하고 내 건강보험증으로 병원에 가. 죽을 바에야, 차라리 나 대신 나로 살아보지 않겠어?"

준키는 설명을 들으면서도 여전히 그 뜻을 이해할 수 없었다.

다만 남자는 준키를 살리려고 하는 것 같았다. 무의미한 일반론을 들이밀지도 않고, 허황된 위로의 말을 건네지도 않고, 무척이나 구체적인 대안을 제시하면서.

다른 사람으로 산다고?

생각해 본 적도 없는 제안이었다.

—그렇게 살 수 있다고?

바람이 불자, 준키의 눈앞에서 무언가가 흔들렸다.

축 처진 비닐 끈이었다.

사람 목에 딱 들어맞을 크기의 원형 끈이 암흑 속에 떠 있었다. 준키는 방금 자신이 무슨 짓을 하려고 했는지 깨달았다. 갑자기 무릎이 떨리고 눈물이 차올랐다.

아무리 외면하려고 애써도, 준키의 속마음은 명백했다.

아직 죽고 싶지 않았다.

남자는 자신을 타카기 켄스케라고 소개했다.

그는 준키에게 아무런 설명도 하지 않은 채 택시를 잡아 신주쿠에 있는 집 주소를 불렀다.

운전기사가 들을까 봐 걱정되는지 이동하면서도 아무 말이 없었다.

죽음의 공포에서 벗어난 준키는 지금 켄스케가 무슨 생각을 하는지 갑자기 궁금해졌다.

켄스케는 허리를 꼿꼿이 세우고 정면을 보고 있었다. 고속도로의 주황색 조명에 비친 그 표정이 몹시 차가웠다. 마치 로봇처럼. 아니, 요즘 로봇은 오히려 그보다 표정이 풍부할 것 같았다.

설마 장기 매매를 당하거나 범죄에 이용당하는 건가.

만화 같은 망상을 하다가 곧 이런저런 생각을 하는 자신이 미련하게 느껴졌다.

켄스케에게 어떤 꿍꿍이가 있든, 준키에게는 도망친다는 선택지가 없었다.

택시는 니시신주쿠에서 멈췄다.

켄스케의 집은 고층 아파트 8층에 있는 투룸이었다. 혼자 살기에는 너무 넓은데, 다른 사람이 함께 사는 것 같지는 않았다. 마치 모델 하우스처럼 살림살이가 적었다. 사는 데 꼭 필요한 가구를 얼추 갖추었을 뿐이다. 악기나 그림도 없는 살풍경한 집이었다.

켄스케는 벽에 걸린 시계를 보며 "벌써 네 시네."라고 중얼거렸다. "지금 설명을 들을래, 아니면 일단 잘래? 어떻게 하고 싶어?"

"지금 설명해 줘."

"물 마실래?"

켄스케는 냉장고에서 페트병을 꺼내 컵과 함께 식탁 위에 올려놓았다. 준키는 의자가 한 개뿐이라 앉기를 망설이다가, 사양 말라는 켄스케의 말에 순순히 따랐다.

켄스케는 카드 몇 장을 꺼내 늘어놓았다.

건강보험증, 사립대학교 합격통지서, 개인번호카드. 당연히 모두 타카기 켄스케 명의였다.

"아까도 말했지만, 네가 나로 살아주면 좋겠어. 집도 제공할 거고, 내 건강보험증으로 병원에 가거나 내 학생증으로 아르바이트를 해도 돼."

준키는 역시나 이해할 수 없어 미간을 찌푸렸다. 켄스케의 설명대로라면 준키에게만 좋은 일이 아닌가.

"뭐 때문에?"

"질문이 애매하네."

"나한테 뭘 부탁하고 싶어서 이런 제안을 하는 거 아니야?"

"특별한 건 아니고, 그냥 내 이름으로 대학교에 다녀주면 좋겠어."

"…그것뿐이야?"

"응. 나는 곧 대학생이 돼. 다음 주에 입학식이 있어."

가혹한 임무를 각오하던 준키는 맥이 빠졌다.

학교에 대리 출석해달라니.

그 뒤로 켄스케는 최소한의 설명을 덧붙였다. 그는 문학부에 입학했고, 대학교에 아는 사람이 없으니 당당하게 다니면 된다. 남는 방과 당분간 지낼 생활비를 제공할 것이다. 학업에 지장을 주지 않는 한, 동아리 같은 대학 생활을 자유롭게 누려도 된다.

너무 좋은 제안이라 준키는 당황스러웠다.

"다른 질문은?" 켄스케가 차가운 시선을 던졌다.

묻고 싶은 것이 산더미처럼 많았지만, 준키는 늦은 시간임을 고려해 질문을 추렸다.

"내가 도망칠 수도 있다는 생각은 안 해?"

"도망칠 거야?"

"아니, 일반적으로 그렇잖아? 건강보험증이 있으면 사채업자한테 돈을 빌릴 수도 있어. 들고 도망가면 어쩌나 걱정도 안 돼?"

"내 이름을 소중히 다뤄줬으면 좋겠어."

켄스케는 가볍게 손을 흔들었다.

"안 그러면 넌 후회하게 될 거야."

막연한 협박이었다.

하지만 그의 깊고 검은 두 눈에서 위압감이 느껴졌다. 그런 짓을 벌일 생각이 사라졌다. 그 차가운 시선은 낮에 만난 여직원과 크게 다르지 않았지만, 켄스케의 눈빛은 무언가가 본질적으로 다른 느낌이 들었다.

준키는 마른침을 삼키며 단념하는 것이 좋겠다고 결론 지었다.

애초에 이렇게 살 바에야 깔끔하게 죽겠다고 결심한 몸이다.

―올바른 나로 있고 싶다.

"오늘은 자자." 켄스케가 시선을 옮겼다. "혹시 허리가 아프면 내일 병원에 가."

준키의 걸음걸이가 부자연스러운 것을 눈치챈 모양이다.

준키는 그 이상의 질문을 삼키며 자신에게 배정된 침실

에서 잠들었다.

조용한 침상에서 자는 것은 몹시 오랜만이었다.

그렇게 타카기 켄스케로 사는 삶이 시작되었다.

들키지 않을지가 가장 걱정이었다.

건강보험증에는 타카기 켄스케의 개인정보가 적혀 있었다. 20세. 혈액형은 B형.

혈액형은 준키와 같지만, 나이는 준키보다 한 살 많다. 얼굴은 비슷한 편이었지만, 체격은 육체노동을 해온 준키가 훨씬 좋았다.

준키는 금방 발각되어 경찰 조사를 받게 될까 봐 불안했다.

기우였다.

병원은 아무것도 의심하지 않았다. 준키가 건강보험증을 보여주자, 주저 없이 진찰권을 발행해주었다. 대기실에서 "켄스케 씨."라는 이름을 들었을 때, 준키는 자신을 부르는 것인 줄 모르고 잠시 멍하니 있었지만, 접수대 직원은 의심하는 낌새조차 없었다.

대학교 입학 절차를 밟을 때도 마찬가지였다. 타카기 켄스케가 된 지 일주일 후, 입학설명회에 참석해 학생증용 사진을 제출하니 그대로 처리되었다. 사무직원은 입학시험을 볼 때 사용한 수험표 사진과 준키의 얼굴을 잠깐 번갈아 보았지만, 다른 사람임을 알아채지는 못했다.

다른 사람의 신분증을 들고 다니는데도, 아무도 의심하지 않았다.

다른 학생에게 말을 걸어보아도 역시 상대방은 준키의 자기소개를 의심하지 않고 "켄스케 씨, 동아리 가입할 거예요?" 하면서 웃었다.

이상했다.

"그야 당연하지."

준키가 그런 이야기를 하니, 켄스케가 태연하게 대답했다.

대리시험이나 대리출석을 의심하는 사람은 있어도, 일개 대학생이 학생증째로 다른 사람 행세를 할 것이라고 생각하는 사람은 없다. 그리고 입학 시즌에는 고등학생 수백 명이 대학교에 입학한 기념으로 머리를 염색하거나 화장을 배운다. 수험표 사진과 실물이 다른 사람도 많을 것이다. 사무직원은 사진을 일일이 대조하지 않는 데다 다행히 켄스케와 준키는 얼굴이 꽤 비슷하게 생겼다. 건강보험증도 그렇다. 환자가 외국인이면 어디서 빌린 건강보험증은 아닌지 의심할 수도 있겠지만, 일본인이면 기본적으로 믿고 넘어간다.

켄스케가 덤덤하게 설명했다.

너무 태연하게 말하기에 이 모든 게 합법적인 일인가 싶었다.

"일단은 범죄지?"라고 준키가 확인차 묻자, 켄스케는 "'일단은'이 아니라 엄연한 범죄야." 하며 웃었다.

그렇구나, 하며 준키는 고개를 끄덕였다. 양심에 찔렸지만, 이것만은 어찌할 도리가 없었다.

─누구에게도 들키면 안 된다. 두 사람의 비밀을.

그것은 암묵적인 규칙이었다.

준키가 그 규칙을 앞으로도 지킬 수 있을지 걱정하자, 켄스케의 눈빛이 부드러워졌다.

"괜찮아. 세상은 우리에게 관심이 없거든."

그 말에 체념이 묻어났다.

켄스케는 준키의 얼굴을 물끄러미 바라보았다.

"다음 주에는 학생증이 발급될 거야. 네 사진이 들어간 신분증이."

그는 깊이 고개를 끄덕였다.

"너는 완전히 '타카기 켄스케'가 되는 거야."

사진이 들어간 증명서를 소유하면 은행 계좌도 개설할 수 있고 스마트폰도 개통할 수 있다. 아르바이트 면접도 볼 수 있다.

그 사실을 깨닫자, 준키의 마음에 형용할 수 없는 불안이 밀려들었다.

답을 찾을 수 없었다.

내가 타카기 켄스케로 살게 된다면….

그러면 눈앞에 있는 남자는 자신이 '타카기 켄스케'임을 어떻게 증명할 수 있지?

타카기 켄스케는 수수께끼 같은 사람이었다.

준키가 아침에 일어나 거실로 가보면, 켄스케는 시리얼 바를 깨작이며 책을 읽고 있었다.

학교 강의가 없어 대낮에 집으로 돌아와 보면, 켄스케의 방에서는 키보드 치는 소리만 들렸다. 그것도 아주 오랫동안. 켄스케는 화장실에 가거나 밥을 먹는 것 같지도 않았다. 문틈으로 살짝 방을 들여다보니, 그는 냉철한 눈빛으로 컴퓨터 화면을 노려보고 있었다.

그리고 준키가 밤늦게 돌아올 때면, 집은 몹시 컴컴하고 고요했다.

켄스케는 외출도 하지 않았다. 냉장고에는 냉동 파스타와 채소 주스가 가득 들어차 있었다. 외식을 좋아하지 않는 모양이었다. 살 것이 있으면 뭐든 인터넷으로 구매해서 일주일에 한 번은 집에 택배가 왔다. 마치 나가서 장을 볼 시간마저 아깝다는 듯이.

준키는 그가 뭘 하는 사람인지 묻고 싶었지만, 계속 타이밍을 놓쳤다. 생활 패턴이 너무 달랐고, 가끔 거실에서 마주칠 때마저 켄스케는 독서에 푹 빠져 있었다. 켄스케가 먼저 말을 거는 일은 없었다. '대학도서관에서 빌려다 줬으면 하는 책이 있어'라고 적은 메모만이 유일한 의사소통 수단이었다.

아니, 타이밍은 핑계야, 라고 준키는 고쳐 생각했다.

사실 켄스케를 보면 기가 죽었다.

물론 켄스케에게 고마웠다. 그런데 고마움보다도 꺼림칙한 마음이 더 컸다. 자기 대신 다른 사람을 대학교에 보내는 남자는 낮 동안 어떤 일을 할까. 준키는 신분 도용을 뛰어넘는 수상한 범죄에 가담한 것 아닐까.

어느 날 준키가 아르바이트를 마치고 돌아왔을 때, 켄스케는 거실에 있었다. 웬일로 독서 중이 아니었다. TV 채널을 이리저리 돌리고 있었다.

좋은 기회였다.

"잠깐 시간 괜찮아?" 준키가 용기 내 말을 걸었다. "너는 뭐 하는 사람이야?"

켄스케는 준키에게 시선을 던지더니 시큰둥하게 TV를 껐다. 애초에 보고 싶은 프로그램도 없었나 보다.

"가끔은 같이 산책이라도 할까?"

그가 짧게 말했다.

두 사람이 나란히 걷는 것은 분신 생활을 시작한 이후 처음이었다.

4월 밤. 여전히 쌀쌀함이 감돌았지만, 몸이 얼 정도는 아니었다.

켄스케는 이미 목적지를 정해 놓았는지 발걸음에 망설임이 없었다.

건물 사이를 누비고 지나가다가 심야영업 중인 대형 서점에 들어갔다.

도착한 곳은 문학 코너였다. 무료로 주간지를 읽고 싶을 때만 서점에 오는 준키에게는 생경한 장소였다. 켄스케는 망설임 없이 걸음을 옮겨 한 매대 앞에 멈춰선 뒤에도 계속 침묵을 지켰다. '시오미 하루 특집'이라고 적힌 POP 광고가 눈에 띄었다. 두 종류의 책이 매대를 가득 채웠다. 심연처럼 어두운 검은색 안에 눈이 멀 듯한 빨간색이 들어간 표지가 눈길을 끌었다.

어디서 본 적이 있는 책이었다.

켄스케는 책 두 권을 들고 계산대로 향했다. 계산을 마치고는 "가져." 하면서 준키에게 종이가방을 내밀었다.

준키는 약간 고개를 숙여 다시 책으로 시선을 떨구었다.

"이거 켄스케 방에서도 본 것 같은…."

"쓴 사람이 나니까."

어? 라고 목소리를 높이자, 켄스케는 고개를 끄덕였다.

"진작에 들킨 줄 알았어."

켄스케는 서점에서 나가 자판기에서 생수와 콜라를 사더니, 페트병에 든 콜라를 준키에게 툭 건네고 다시 밤길을 걷기 시작했다.

준키는 가로등 빛을 받으며 켄스케가 사준 책을 펼쳤다. 저자 소개란에는 작년에 데뷔했다는 정보만 나와 있었다. 띠지에 적힌 누적 발행 부수를 보니 이미 꽤 유명한 작가인 것 같았다. 생각해보니 지하철 광고에서 '시오미 하루'라는 이름을 본 기억이 났다.

"'시오미 하루'가 켄스케의 필명이야?"

"대학교에 합격했지만, 집필하느라 바쁘거든. 사실은 휴학하려고 했어."

"그랬구나…."

"실력으로 경쟁하는 업계라고는 하지만, 학력을 중시하는 고리타분한 사람들도 있어. 평생 작가로 살 수 있다는 보장도 없고. 하지만 지금은 집필만으로도 바쁘니까 나 대신 학교를 다니고 졸업해줄 사람이 필요했어."

"대단하다." 말고는 아무 말도 떠오르지 않는 준키는 들뜬 얼굴로 표지를 들춰보고 띠지에 있는 추천사도 읽어보면서 흥분을 감추지 못했다. 놀랍기도 했지만, 수수께끼 같던 진상이 밝혀져 후련하기도 했다. 켄스케가 방에 틀어박혀 지내던 이유는 소설을 쓰기 위해서였다.

두 사람은 걷다가 공원에 다다랐다. 고층 아파트 사이에 있는, 빨간 벽돌담으로 둘러싸인 공원이었다. 켄스케가 천천히 벤치에 앉았다. 준키도 켄스케 옆에 걸터앉았다.

"다음은 네 차례야." 켄스케가 진지한 얼굴로 말했다.

"내 차례?"

"왜 자살을 택했어?"

뜨끔했다. 그러고 보니 켄스케는 지금껏 한 번도 그 일에 관해 묻지 않았다. 준키는 의아해하면서도 허리를 다치게 된 사정을 설명했다.

"그보다 더 이전 시점부터 듣고 싶어." 켄스케가 말을 막았다. "왜 고등학교를 중퇴하고 일하기 시작했어?"

켄스케는 준키의 말을 기다리듯 생수를 마셨다.

말하기 어려운 내용이었지만, 어물쩍 넘길 수는 없었다. 상대는 이미 자신의 비밀을 털어놓았다.

준키도 콜라로 목을 축였다.

"짧게 말하면, 우리 아버지가 공갈 협박에 시달리다가 행방을 감췄어."

준키의 부모님은 출장 요리 전문점을 운영했다. 지역 사회와 밀접한 자그마한 가게였다. 경조사가 있는 곳에 도시락을 배달했다. 여름 축제 때는 동네를 돌며 초밥이나 간단한 요리를 가져다주었다. 장사가 번창하지는 않았지만, 오랜 단골들 덕에 명맥을 이어갈 수 있었다. 그런 가게였다.

부부끼리 단출하게 가게를 꾸려나가던 중, 준키가 열여섯 살 때 아버지가 교통사고를 일으켰다. 나락으로 향하는 첫걸음이었다.

앞차가 급브레이크를 밟는 바람에 뒤에서 받았다고 했다.

그쪽 차에는 남자와 그의 딸이 타고 있었다. 남자는 경찰에 신고하지 않는 조건으로 합의금을 요구했다. 처음에는 소액이었다. 아버지는 체면이 깎일까 봐 흔쾌히 돈을 주었다. 하지만 시간이 흐를수록 차에 함께 탄 딸의 치료비와 심리상담 비용 등이 더해져 청구금액이 불어났다. 남자가 현관 앞에서 소리를 지르며 열 살도 안 되는 여자아이가 다쳤다고 주장했다.

아버지가 경찰에 알리기를 꺼린 이유는 두 가지였다. 우선 운전면허가 취소될까 걱정돼서였다. 예전에 여러 번 속도위반을 해서 벌점이 쌓여 있었다. 배달 중심의 가게를 운영하다 보니 면허가 정지되면 타격이 컸다.

게다가 문제가 불거지면, 지역 사회와 밀접한 출장 요리 전문점은 무너지기 마련이었다. 사고로 여자아이를 다치게 한 점주의 음식을 경사스러운 자리에서 먹고 싶어 하는 사람이 어디 있겠는가. 악평이 퍼지면 모든 것이 끝이었다.

도저히 감당할 수 없을 만큼 청구금액이 불어나자, 준키의 부모는 결국 가게를 접기로 했다. 원래도 경영이 위태로웠던 모양이다. 가게를 유지할 여유도 없었다. 그리고 그 일이 또 다른 문제를 초래해서 준키의 아버지는 자취를 감추었다. 어머니가 병으로 쓰러지자, 준키는 고등학교를 그만두고 일하기 시작했다.

준키가 이야기하는 동안, 켄스케는 한마디도 하지 않았다.

벤치에 앉아서 허벅지 위에 손깍지를 낀 채 가만히 준키의 이야기를 듣더니, "너희 아버지는 어떤 사람이었어?"라고 물었다.

왜 그런 것이 궁금한지 의문이었다. 소설가의 심금을 울리는 포인트였나.

"착한 사람이었어." 준키가 엷게 웃었다. "장사가 잘될 때는 가정적이었어. 봄이 되면 아버지가 만들어준 도시락을 들고 산벚꽃을 보러 갔어. 아까 한 얘기만 듣고 오해할지도 모르지만, 사실 가족을 많이 아끼는 아버지였어."

매년 가던 벚꽃축제 행사장, 거기서 본 풍경…. 준키는 두서없이 아버지와의 추억을 풀어냈다.

켄스케는 날카로운 눈빛으로 준키를 보았다.

"그 이야기만 들으면 가족을 두고 떠날 사람 같지는 않은데."

"아니, 그건…." 준키는 말끝을 흐렸다. "좋게 보면 착하고, 나쁘게 보면 조금 무른 사람이었거든. 아버지가 새로 시작한 일 때문에 말다툼이 일어나서…."

가족의 명예를 위해 구체적인 이야기는 덮어 두었다. 준키와 아버지의 갈등은 결국 드잡이 싸움으로 번졌고, 아버지는 이내 자취를 감추었다고 말했다.

켄스케는 깊이 파고들지 않았다. 준키를 배려한 것일지도 모른다.

준키는 그 이후에 일어난 일을 단적으로 설명했다. 허리를 다쳐 숙박소에서 살게 되었고, 외로움과 무력감을 견디지 못해 자살을 택했다고.

켄스케는 짧게 "그렇구나."라고 중얼거렸다.

"네 사정은 알겠지만, 그래도 자살을 인정할 수는 없어."

그렇게 말하며 페트병을 꽉 쥐어 찌그러뜨렸다.

"이것만은 확실히 말할게. 다른 사람이 널 필요로 하지 않거나 원하지 않아도 상관없어."

"상관없다니…."

"세상이 잊어버리더라도 우리의 영혼은 여기에 있어."

영혼, 이라고 준키는 그 말을 곱씹었다.

과장된 그 단어가 무엇을 의미하는지 몰라 의아했다. 이해할 수 없었다. 불교적인 사상인가.

그런데 마음은 한결 가벼워졌다.

켄스케는 그 이상 이야기하지 않았다. 벤치에서 일어나더니, 아무 말 없이 왔던 길을 되돌아갔다.

준키는 그날 밤 켄스케가 한 말을 이해하지 못했다.

파악한 사실은 두 가지뿐. 준키는 대학교를 졸업하기 전 4년 동안 분신 생활을 이어나갈 수 있다는 것. 그리고 아무래도 켄스케는 나쁜 사람 같지 않다는 것.

타카기 켄스케는 틀림없이 은인이었다. 그에게 받은 4년을 헛되이 보낼 수는 없었다. 준키는 대학 생활을 알차게 보내려고 노력했다.

공부, 자격증 시험, 아르바이트, 동아리, 모두 열심히 소화했다.

대학교에 갓 입학했을 때는 강의가 너무 어려웠지만, 친구에게 배우며 따라갔다. 도저히 해독할 수 없는 전문서적을 읽을 때는 켄스케에게 의지했다. 켄스케는 어떤 내용이든 막힘없이 설명해주었다. 못하는 분야가 없었다. 경제든 철학이든 질문하는 족족 대답해주었다. 준키는 필요 이상으로 켄스케를 귀찮게 하지 않으려고 아르바이트가 없을 때마다 대학교 도서관에 틀어박혀 공부에 전념했다. 한 달을 들여 도스토옙스키의 《죄와 벌》을 독파했고, 부기(簿記) 자격증을 따려고 열심히 공부했다. 밤을 새워 가며 책상 앞에서 책과 씨름하는 날이 올 줄은 꿈에도 몰랐다.

허리 상태가 좋아지자 아르바이트도 시작했다. 켄스케와 헤어지는 날까지 돈을 모아야 했다. 채점 보조로 학원에 들어갔다. 고등학교를 중퇴한 준키였다면 채용될 리 없는 아르바이트였지만, 켄스케의 학생증을 보여주니 문제없이 뽑혔다.

같은 학부생의 권유로 봉사 동아리에도 들어갔다. 2주에 한 번 어린이집이나 유치원에 가서 아이들을 돌보았고, 활동이 끝나면 매번 회식을 했다. 원래 의사소통 능력이 좋은 준키는 동아리 안에서 중심인물로 자리 잡아 1학년의 리더가 되었다.

준키는 다른 학우에게 자주 고민 상담을 해주었다. '타카기 켄스케'는 만 스무 살이라 같은 1학년생들에게는 형이자 오빠였다.

준키가 특히 자기 일처럼 상담해준 것은 돈에 관한 고민이었다. 준키 역시 여러 번 힘든 상황을 겪은 사람이었다. 대학교에는 학자금 대출을 걱정하는 학생들에게 자기계발 세미나를 소개해 돈벌이하는 놈들이 넘쳐났다. 동영상 사이트를 이용해 광고 수입을 얻거나 한정상품을 되팔아 돈버는 요령을 가르쳐주는 강좌를 1회 10만 엔에 청강할 수 있다고 했다. 준키는 참가비를 내야 할지 고민하는 학우들에게 조언을 해주었다.

어느새 가짜 '타카기 켄스케'는 대학교에서 꽤 유명해졌다.

'타카기 켄스케'의 스마트폰에는 인생 상담이나 술자리 초대 같은 연락이 끊이지 않았다. 여자친구는 만들지 않았지만, 성별을 불문하고 친구가 많이 생겼다.

준키는 '타카기 켄스케'로 사는 나날을 만끽했다.

반년이 지났을 즈음, 타카기 켄스케와 준키의 관계가 변하기 시작했다.

"내 소설 좀 읽어줄래?"

켄스케가 불쑥 부탁했다. 준키가 건네받은 원고를 대강 읽고 감상을 말하자, 켄스케는 깊이 고개를 끄덕이더니 그날부터 집필을 도와달라고 부탁했다.

'시오미 하루'의 작품 장르는 순문학이었다. 작풍은 '폐쇄'라는 단어와 잘 어울렸다. 한정된 인간관계 안에서 이야기가 전개되었다. 스토리도 무거웠고 결말도 해피엔딩이라고 보기 어려웠다. 마음이 따뜻해지는 연애도, 놀라운 미스터리도 없었다. 그런데도 손에서 책을 놓을 수 없었다.

시오미 하루의 데뷔작《녹슨 날개의 아이들》은 고독한 남자아이의 이야기이다. 학교에 다니지 않는 남자아이가 아는 세상은 엄마와 나누는 대화와 TV뿐. 그런 소년이 바깥세상을 상상하며 하얀 종이에 그림을 그린다. 그러다 남자아이는 자신이 그린 풍경이 세상 어딘가에 실존한다고 맹신하게 되어 그곳을 찾으러 집 밖을 돌아다니고, 엄마는 그런 아들을 불길하게 여겨 떨어져 살게 된다.

두 번째 작품인《무의미한 밤으로 여행을 떠나다》는 러브호텔에서 일하는 청년이 가게를 찾는 손님들을 자세히 관찰하는 이야기이다. 감시 카메라 영상으로 손님들의 인생을 되짚으며, 어느 날 알게 된 여자아이의 인생과 비교한다.

타카기 켄스케는 그 뒤를 잇는 세 번째 작품을 집필하고 있다.

준키는 집필 중인 원고를 읽고 감상을 말했다. 켄스케는 아무리 사소한 것이라도 지적하라고 했다.

둘이서 의견을 주고받는 시간대는 항상 밤이었다. 낮에 준키가 학교생활을 하는 동안 켄스케는 소설을 썼고, 밤이 되면 원고를 다 읽은 준키가 의문점을 지적했다. 켄스케가 글을 많이 쓰지 못한 날에는 그의 과거작에서 발견한 이상한 점을 이야기했다.

예를 들면 이런 식이었다.

준키는 《녹슨 날개의 아이들》에 나오는 한 장면이 신경쓰였다.

주인공 소년은 어느 날 집 밖에서 남자가 돌아오기를 기다린다. 문 앞에 쪼그리고 앉아 하늘을 바라본다. 하늘에는 연기를 뿜어내는 굴뚝이 늘어서 있고, 소년은 그 모습을 양초에 빗댄다. 소년이 기다리는 사람은 다른 누구도 아닌 알코올중독자인 남자. 이윽고 계단을 올라온 남자에게 소년은 고개를 숙인다. '딱 한 번이어도 좋아요. 제 생일을 축하해 주세요'라고 말한다. 소년은 엄마의 지갑에서 몰래 가져온 5천 엔짜리 지폐를 내민다.

생일 케이크에 꽂힌 초와 공장 굴뚝이 겹쳐지는 인상적인 장면이었다. 나중에 안 사실이지만, 돈으로 부성을 사려고 하는 독보적인 묘사가 수많은 이들의 찬사를 모았다고 한다.

"요즘 시대에 흰 연기를 뿜어내는 공장이 있어?"

준키가 느낀 바를 말하자, 켄스케가 미간을 찌푸렸다.

"무슨 말이야?"

"요즘은 환경 문제 때문에 연기 배출을 규제하잖아?"

"그렇지. 근데 이 장면에 나오는 흰 연기는 정확히 말하면 연기가 아니야. 수증기지. 하지만 어린아이 시점이니까 일부러 '굴뚝에서 수증기가 피어오른다'고 쓰지 않았어."

"그래? 내가 살던 지역에도 그런 공장이 있었나?"

"있었을걸. 흠, 그런 걸 눈여겨보지 않은 사람이 읽으면 이상하게 느껴지는구나."

켄스케는 이렇게 쓸데없이 세세한 지적에도 싫은 내색을 하지 않았고, 오히려 흥미로워했다. 준키는 기대에 응하려고 적극적으로 의문을 제기했다.

두 번째 작품인 《무의미한 밤으로 여행을 떠나다》에서는 작중에 등장하는 학교가 마음에 걸렸다. 주인공은 어떤 여자아이와 친해져 함께 학교를 견학하는데, 초등학교와 중학교가 같은 건물을 사용한다고 쓰여 있었다. "이상하지 않아?"라고 지적하자, 켄스케는 "학생 수가 적은 시골에는 그런 학교도 있어."라고 대답했다.

켄스케가 소설을 대하는 자세는 진지함 그 자체였다.

온종일 그의 방에서 키보드 소리가 들렸다. 끊임없이 들려오는 타자 소리에 비해 완성되는 원고의 글자 수는 많지 않아서 준키가 언젠가 물어본 적이 있다. 들인 시간에 비해 원고가 짧은 이유가 뭐냐고.

그가 말하길, 같은 장면을 열 번 쓰고 그중에 가장 잘 써진 원고를 추가로 수정해서 준키에게 보여준다고 했다. 준키는 그 어마어마한 집필량에 소름이 돋았다.

그는 잠깐의 짬마저 아껴서 글을 썼다.

준키가 "가끔은 외식이라도 할까?"라고 말해 보아도 켄스케는 제안에 응하지 않았다.

"나는 아직 미숙해서 그럴 여유가 없어." 그는 그렇게 말했다. "주인공의 비참함을 풀어내기만 하는 글밖에 안 써져. 그 너머에 닿지를 못해."

그는 무표정한 얼굴로 분하다는 듯 말했다. 그의 소설이 대중에게 호평을 받아 증쇄를 거듭하고 있는데도.

준키는 이상하리만치 성실한 켄스케의 태도를 보니 그의 인생사가 궁금해졌다. 그가 이렇게까지 글쓰기에 온 힘을 쏟는 이유는 무엇일까.

하지만 켄스케는 자신의 과거를 절대 밝히지 않았다.

한 가지 예로, 켄스케가 무척 애용하는 필기도구가 있다. 시곗바늘처럼 가느다란 금속제 볼펜이다. 켄스케는 거실에서 그것을 분해해 정성스럽게 닦곤 했다. 세월의 흔적을 말해 주듯 검은 칠이 벗겨진 볼펜이었다.

그의 인생사를 알 수 있는 단서인 것 같아서, 준키가 별 뜻 없이 물은 적이 있다. 혹시 선물 받은 것이냐고.

켄스케의 대답은 매정했다. "남한테 얘기할 일은 아니야."

준키가 익히 들어온 말이었다.

어떤 질문을 하면, 켄스케는 항상 얼버무리듯 어깨를 으쓱였다.

그는 철저하게 자신을 숨겼다. 특히 독자에게 절대 정체를 드러내지 않았다. 사진은 물론이고 출신지와 나이까지 비공개였다. 그 어떤 인터뷰에도 일절 응하지 않았다. 담당 편집자와 대화를 나눌 때도 메일로만 연락했다.

시오미 하루는 완전한 익명 작가였다.

자기 자신을 숨기고 진득하게 작품을 써나가는 금욕적인 소설가.

독자들은 수수께끼 같은 작가의 정체 때문에 더더욱 그의 작품에 끌리는 것이리라.

켄스케를 향한 준키의 존경심은 점점 깊어만 갔다.

그의 글에는 사람의 마음을 끄는 힘이 있었다. 준키는 시간 가는 줄 모르고 정신없이 글을 읽다가 학교에 지각한 적도 있다. 한 번만 읽어서는 놓치는 복선이나 암시도 적지 않아서 켄스케에게 물어보고 나서야 새롭게 알게 되는 것이 많았다. 새로운 암시를 발견했을 때 느껴지는 벅찬 감정도 작품의 매력 중 하나였다. 준키는 서서히 시오미 하루의 소설 세계에 빠져들었다.

아주 기쁜 마음으로 집필을 돕고 싶어졌다.

은혜를 입은 사람으로서, 한 명의 팬으로서, 그리고 켄스케의 분신으로서.

준키가 대학에서 겪는 일들은 원래 켄스케가 경험했어야 할 일상이었다. 준키는 켄스케가 그런 경험까지 활용해 글을 써주길 바라면서 자신의 일상을 종이에 정리해서 제출했다. 동아리 활동이나 아르바이트를 하다가 겪은 인간관계 문제, 대학교 강의에서 알게 된 흥미로운 연구, 여행지 사진과 그곳에 실제로 가지 않으면 느낄 수 없는 감각을 상세히 전달하다 보니, 언젠가부터 상황이 역전되어 켄스케가 먼저 부탁을 하게 되었다. 그때 느낀 감정을 자세히 알려달라고.

때로는 소설을 어떻게 고치면 좋을지 조언해 달라고 했다. 준키는 주제넘은 행동은 아닌지 걱정하면서도 적극적으로 제안했다. 억지스러운 독자의 바람이 아니라 창작자의 관점에서 깊이 고민한 아이디어를 말했다. 켄스케는 준키를 칭찬해 주었다. 하지만 그 제안을 소설에 반영한 적은 한 번도 없었다. 준키는 한편으로 씁쓸했지만, 인정받을 만한 제안을 하는 것이 그에게는 큰 목표가 되었다.

열띤 토론이 밤까지 이어지는 날도 있었다. 토론의 답이 나오지 않으면 둘이서 산책하러 밖에 나가는 게 하나의 규칙이 되었다. 산책을 하면 신기하게도 결론이 나왔다. 켄스케와 말없이 걷는 동안 점차 사고에 날이 서는 느낌이 드는 것도 싫지 않았다. 그 순간이 오면, 서로 눈을 마주치며 고개를 끄덕이고는 집으로 돌아갔다.

그렇게 2년이라는 시간이 눈 깜짝할 사이에 흘러갔다.

만 2년을 채우는 봄이 찾아왔을 때, 시오미 하루의 세 번째 작품 《말뚝》의 초고가 완성되었다.

켄스케가 중간에 몇 번이고 고쳐 쓰는 바람에 시간이 걸렸지만, 준키가 걸작이라고 확신할 만한 작품이었다. 마감이 코앞으로 다가올 때까지 두 사람은 방에서 토론했다. 준키는 작중에 등장하는 암호가 너무 쉽다고 주장했고, 켄스케는 그대로가 좋다며 고집을 꺾지 않았다. 새벽 네 시가 되어서야 준키가 주장을 굽혔다.

앞으로 퇴고 작업에 들어가겠지만, 일단 한고비는 넘겼다.

담당 편집자에게 원고를 보낸 뒤, 두 사람은 누가 먼저랄 것도 없이 동시에 산책하러 나갔다.

"네 덕에 좋은 원고가 나왔어."

말과는 달리 켄스케의 목소리에 개운치 않은 감정이 배어 있었다.

준키는 저도 모르게 웃음을 흘렸다.

"그런 것치고는 불만스러워 보이네."

"응. 완성하자마자 이런 말 하기는 좀 그렇지만, 아직 이상적인 원고는 아니야."

"앞으로 수정하면 돼. 조금 쉰 다음에."

익살스러운 말투로 덧붙이자, 그래, 하며 켄스케가 고개를 끄덕였다.

"그럼 외식 어때?" 그는 길가에 핀 벚꽃으로 눈을 돌렸다. "너랑 지낸 지도 2년째니까. 축하도 할 겸."

준키는 "뭐?"라고 되물으며 그 제안이 농담은 아닌지 확인했다.

"좋아, 가자."라고 목소리를 높였다. 지난 2년 동안 켄스케의 입에서는 한 번도 외식이라는 말이 나오지 않았다. 켄스케는 명절과 크리스마스에도 자기 방에서 냉동식품을 먹었다.

"내가 식당 예약해둘게. 음식은 뭐가 좋아?"

기분이 좋은지 켄스케가 미소를 지었다.

준키는 켄스케와 하는 첫 외식에 마음이 들떴다.

하지만 그 경사스러운 날, 타카기 켄스케는 약속 장소에 나타나지 않았다.

타테이 준키가 그의 분신이 된 지 2년, 타카기 켄스케는 실종되었다.

제2장

두 사람의 2주년 기념일에 공교롭게도 큰비가 내렸다.

준키는 낮에 대학도서관에서 동아리 회의에 참석했다가 바로 이케부쿠로로 갔다.

선물로 텀블러를 준비했다. 남자끼리 선물을 주고받는 것은 이상한가 싶어 고민했지만, 준키가 아는 한 켄스케에게는 선물을 줄 만한 친구나 애인이 없었다. 한 명쯤은 선물을 주는 사람이 있어도 괜찮지 않을까. 오늘을 계기로 평소에 함께 술을 마시는 사이가 된다면, 틀림없이 재미있을 것이다.

준키는 약속 장소에 약간 일찍 도착했다. 음료가 저렴해 대학생들이 자주 찾는 술집이었다. 축구 중계 때문에 시끌벅적한 테이블석과 거리를 두려고 카운터석에 자리를 잡았다.

켄스케는 늦을 수도 있다고 했다.

준키는 진토닉을 주문하고 켄스케가 도착하기를 기다렸다. 약속 시간은 여덟 시. 아직 20분 정도 남았다.

기다리는 동안 가방에서 원고를 꺼냈다. 편집자에게 보낸 지 얼마 안 된 《말뚝》 초고였다. 편집자의 평가도 좋았고, 수정 요청도 거의 없었다. 준키는 자신이 칭찬을 받은 것처럼 기뻤다. 이제 켄스케가 마지막으로 글을 정돈해서 다시 원고를 보낼 것이다. 켄스케에게 문제점을 말해 주려면 시간이 별로 없다.

담당 편집자는 시오미 하루의 세 번째 작품이 '걸출한 연애소설'이라고 찬사를 보냈다. 《말뚝》은 소년과 소녀가 가출해서 함께 사는 이야기이다. 좁고 초라한 집에서 두 사람은 손을 잡고 살아간다. 하루 24시간 내내 손을 놓지 않는다. 두 사람은 방에서 한 발짝도 나가지 않고, 이야기는 그대로 막을 내린다.

두 등장인물이 왜 가출했는지, 무엇이 두려워 손을 잡는지, 작중에는 설명이 나오지 않는다. 시오미 하루 특유의 폐쇄감이 넘치는, 스산한 연애소설이다.

준키의 마음에 걸린 것은 여주인공 캐릭터였다.

가난한 가정에서 태어났고, 짧은 머리에 이가 몇 개 빠진, 웃는 얼굴이 귀여운 여자아이.

소년보다 말과 행동이 어리다. 요리를 할 때 이런저런 리액션이 컸고, 소년이 잘 때면 옆에서 자고 싶어 했다. 소년의 나이는 10대 후반 같은데, 여주인공은 확실히 어린아이 같은 느낌이었다. 연애소설이라고 하기에는 두 인물의 나이 차가 컸다.

준키는 그런 점이 부자연스럽다고 이미 여러 번 말했지만, 켄스케는 고집스럽게 그대로를 고수했다. 여주인공 캐릭터에 강한 집착이 있는 것 같았다. 나이 차이가 큰 연애를 그리고 싶었나, 아니면….

—애초에 연애소설이 아니었나.

확인하고 싶었지만, 와야 할 당사자가 오지 않는다.

시계를 보니 아홉 시 반이었다. 약속 시간은 진작에 지났다.

이상하다. 아무리 그래도 너무 늦는다. 무슨 문제가 생겼다면 간단하게라도 연락을 줬을 것이다.

평소에 멀리 외출하지 않다 보니 길을 잃었나.

혼자서 그렇게 답을 내린 준키는 다시 원고로 눈을 돌리고 그를 기다렸다.

하지만 타카기 켄스케는 약속 장소에 나타나지 않았다.

타카기 켄스케가 실종된 지 이틀이 지났다.

연락이 닿지 않는다.

2주년 기념일, 켄스케가 늦어도 너무 늦는다는 생각을 한 준키는 집으로 돌아갔다. 하지만 켄스케는 없었고, 거실에는 켄스케의 스마트폰이 놓여 있었다.

신발은 없었다. 밖에 나간 것이 확실했다.

밤 열두 시가 지나도 켄스케가 돌아오지 않자, 준키는 인근 병원에 전화를 돌렸다. 지금의 타카기 켄스케에게는 신분증이 하나도 없다. 신원불명의 환자가 들어오지 않았는지 물었다. 하지만 켄스케와 비슷한 사람은 없었다.

"어떻게 된 거야…?"

준키는 아무도 없는 집에서 생각에 잠겼다.

타카기 켄스케가 사라졌다. 연기처럼.

그 사실을 생각하고 또 생각했다.

"행방불명? 그렇다고 경찰에 기댈 수는 없고…"

걱정되는 것은 켄스케의 몸만이 아니었다.

타카기 켄스케가 이대로 실종되면 자신은 어떻게 되나 하는 계산도 있었다.

그때 초인종이 울렸다.

드디어 돌아왔구나, 하며 인터폰으로 뛰어갔다. 하지만 화면에 비친 것은 켄스케가 아니라 정장을 입은 사람 두 명이었다.

준키는 얼굴만 보아도 그들의 직업을 알 수 있었다.

경찰이었다.

중년의 남자 형사는 담배 냄새를 풍기면서, 여기에는 보는 눈이 있어 대화하기 불편하니 경찰서로 동행해 달라고 말했다. 말투는 정중했지만, 눈은 틀림없이 준키를 의심하고 있었다. 집요한 눈빛으로 준키를 머리부터 발끝까지 관찰했다. 옆에 선 젊은 형사는 약간 긴장한 것처럼 보였다.

중년 형사는 체격이 좋아 정장 위로도 탄탄한 근육이 드러났다. 그는 가만히 서 있을 뿐인데, 준키는 자동으로 몸이 움츠러들었다.

경찰 신분증을 보자, 얼굴에서 핏기가 가시는 것 같았다.

"동행해달라니…. 왜죠?"

설마 신분 도용 사실을 들켰나 하며 마음의 준비를 했다.

중년 형사가 대답했다.

"그저께 스기나미구에서 일어난 익사 사건 때문입니다."

"익사 사건?" 준키는 의아한 목소리로 말했다.

상상도 못 한 사건이었다.

그 반응은 형사에게도 의외였나 보다. 젊은 형사의 표정에서 당황스러움이 느껴졌다. 중년 형사의 표정에는 아무런 변화도 없었다.

준키는 시키는 대로 잠복용 차량을 타고 경찰서로 들어갔다. 이동하면서 중년 형사가, 대학생치고 좋은 집에 사네, 라고 은근히 떠보았지만, 준키는 모호하게 대답하며 얼버무렸다. 틀림없이 조금 모자란 대학생으로 보였을 것이다.

준키는 심문실에 들어가면서 마른침을 삼켰다. 책상과

의자, 조명밖에 없는 차가운 공간. 남자의 땀 냄새가 코를 찔렀다.

이 철제 의자에 한번 앉으면, 쉽게 집에 돌아갈 수 없겠다는 생각이 들었다. 형사가 쏘아보자, 준키는 그가 시키는 대로 얌전히 앉았다.

"말하기 싫으면 안 해도 돼." 하며 조금 전 그 중년 형사가 준키 앞에 앉았다. 준키는 그 말이 배려가 아니라 묵비권이 있음을 알려주는 절차에 불과하다는 것을 알고 있었다. 중년 형사는 준키의 기분을 살피며 정보를 모으는 것이 아니라, 범인에게 겁을 줘서 자백을 받아 내려고 하는 것 같았다.

"피의자입니까, 참고인입니까?" 준키가 물었다.

중년 형사가 눈을 가늘게 떴다.

"요즘 대학생들은 자세히도 아는군."

"어쩌다 보니요."

소설 집필을 돕다가 찾아본 적이 있다. 경찰이 심문하는 대상에는 참고인과 피의자, 두 종류가 있다고 했다.

"참고인이야." 중년 형사가 말했다. "적어도 지금은."

언제든 피의자로 바뀔 수 있다고 넌지시 위협한다.

중년 형사는 수첩을 꺼내 사건의 개요를 설명해주었다.

그저께 스기나미구 저수지에서 남자 시신이 발견되었다

고 한다. 부검 결과, 폐 내부까지 물이 차 있어서 사인은 익사로 판명되었다. 피해자의 이름은 사카에다 시게미치. 32세. 식당에서 아르바이트를 하며 사는 남자.

"조금이라도 아는 게 있으면 털어놔."

준키 앞에 앉은 중년 형사가 목소리를 낮추며 닦달했다. 준키는 정말 짚이는 것이 없었다.

"왜 제가 이 사건과 관련이 있다고 생각하시죠?"

중년 형사는 혀를 찼다. 불쾌한 울림이었다. 준키는 미간을 찌푸렸다.

"사망 추정 시각은 그저께 21시부터 22시. 피해자는 그 직전에 직장을 나섰어. 직장 동료에게 정확히 '타카기 켄스케'라는 대학생을 만나고 오겠다'고 했다더군. 거기에 해당하는 사람은 이 도쿄 안에 너밖에 없어."

자초지종을 들었는데도 이해가 되지 않았다.

그런데 형사가 말하길, 피해자의 스마트폰에 '타카기 켄스케'와 문자메시지를 주고받은 내역이 있다고 했다. 준키는 제삼자가 '타카기 켄스케'를 사칭한 것 같다고 주장했지만, 형사는 시큰둥한 반응을 보였다.

준키는 상황 파악이 되지 않아 점점 화가 났다. 형사들이 원하는 바가 바로 자신이 평정심을 잃는 것임을 알면서도 말투가 거칠어졌다.

"다른 건 모르겠고, 익사체라면서요? 그냥 물에 빠진 거 아니에요?"

중년 형사는 코웃음을 쳤다.

"시신에 외상은 없었지만, 옷매무새가 흐트러져 있었다. 익사하기 전에 누군가와 몸싸움을 했을 가능성이 크지. 체내에서 알코올도 검출되지 않았다. 타살일 확률이 높아."

준키는 입술을 깨물며 얼굴에 흐르는 땀을 닦았다. 실내가 덥지도 않은데 닦아도 닦아도 땀이 쏟아졌다. 머릿속을 스치는 가능성을 모른 체하며 그저 "몰라요."라고 똑같은 말을 반복했다.

사건에 대해서는 아무것도 모른다. 하지만 의심스러운 인물은 확실히 안다.

타카기 켄스케이다.

피해자인 사카에다 시게미치는 켄스케의 지인일지도 모른다. 켄스케가 사카에다를 불러내서 저수지에 빠뜨려 살해했고, 도주했다. 그렇게 생각하면 형사가 이야기한 정보와도, 켄스케가 사라진 상황과도 맞아떨어졌다.

이성은 그렇게 판단했지만, 그 생각을 완강히 부정하고 픈 충동이 일었다. 땀을 닦는 수고까지 아껴가며, 다른 가능성을 찾으려고 애썼다.

중년 형사가 의자에서 일어나 준키 옆으로 다가왔다. 번

들거리는 얼굴을 가까이 들이대며 속삭였다.

"네가 그랬어?"

준키는 마른침을 삼켰다.

무얼 두고 하는 말이냐고 되물을 필요도 없었다. 지금 준키는 살인 용의자로 의심받고 있었다.

형사는 일방적으로 준키가 살인범이라는 전제를 깔고 회유하기 시작했다.

준키는 젊으니 솔직하게 털어놓고 상해치사죄를 적용받는 것이 최선이라고 했다. 살인이 아닌 상해치사로 결론이 나면, 사정에 따라 집행유예를 받을 수도 있다. 하지만 지금 털어놓지 않으면, 경찰은 본격적으로 수사에 들어가야 한다. 증거가 모인 뒤에는 검찰이 살인죄나 강도치사죄로 기소할 것이라고 했다.

"자수할 기회는 지금밖에 없어." 형사가 다그쳤다.

중년 형사의 압박은 약간 빗나간 부분이 있었지만, 준키의 마음을 강하게 흔들었다. 그의 말처럼 입을 다물면 준키는 불리해진다. 준키가 켄스케의 이름으로 지내온 사실이 경찰에 발각되면, 준키는 공범이 아니라고 딱 잘라 말할 수 없을 것이다.

양손으로 얼굴을 감싸고 고민했다.

시야를 어둠 속에 가두자, 마음이 조금 차분해졌다.

타카기 켄스케에게는 살인 혐의가 있다. 그가 사라진 지금, 켄스케와 사건이 무관하다고 보기는 어렵다. 만약 켄스케가 정말로 죄를 지었다면, 경찰을 적으로 돌리면서까지 죄인을 감쌀 이유가 있나.

무엇을 믿어야 하나.

무엇을 의지해야 하나.

눈앞에 있는 형사의 추론인가. 아니면, 자신의 은인인가.

"…저는 몰라요."

답은 금방 나왔다.

준키는 얼굴에서 손을 떼고 눈을 들었다.

노골적으로 쳐다보는 형사를 도리어 노려보았다.

"저한테는 알리바이가 있어요." 준키는 기세등등하게 주장했다. "그날 저녁 일곱 시까지는 대학도서관에서 동아리 회의를 했어요. 그리고 전철로 이케부쿠로에 가서 역 구내에 있는 ATM에서 만 엔을 뽑은 다음, 역 근처 술집에 들어가 카운터석에 앉았어요. 여덟 시부터 열한 시까지 있었어요. 가게 안에 CCTV도 있었습니다."

"…사실이야?"

형사의 눈동자가 흔들리는 순간을 놓치지 않으며 준키가 말을 이었다.

"그리고 저는 허리가 아파서 병원에 다녀요. 요즘은 조금 나아졌지만, 그래도 격한 운동은 못 합니다. 범인이 피해자를 저수지에 밀어서 빠뜨렸는지, 머리를 눌러서 익사시켰는지는 모르겠지만, 전 사람을 죽일 만한 행동은 못해요."

"그래도 하려면 얼마든지 하지."

"하지만 진짜 사람을 죽일 생각이었으면 다른 수단을 준비했겠죠."

준키가 단숨에 말을 끝맺자, 형사들은 눈빛을 교환했다. 젊은 형사가 작게 고개를 저었다. 다시 준키 쪽으로 눈을 돌린 중년 형사의 태도는 한결 부드러웠다.

거짓말해도 소용없어, 라고 형사가 재차 강조했지만, 준키는 동요하지 않았다.

알리바이를 증명해줄 친구도 있었다. 대학도서관과 술집에 있던 것도, 병원에 다닌다는 사실도 금방 입증될 터였다.

"알았어. 진술조서를 작성해야 하니까 아까 그 알리바이부터 자세히 얘기해봐."

형사가 툭 내뱉듯 말하자, 준키는 안도의 한숨을 쉬었다.

적어도 이 자리에서 바로 체포되지는 않을 것 같다.

하지만 중년 형사는 아직 가시 돋친 태도를 보였다. 형사는 준키가 전철을 탄 시각부터 대학도서관에 함께 있던 친구까지, 그저께 있었던 일을 상세하게 묻고 같은 질문을 집요하게 반복하더니 "미안하군. 가능성을 하나하나 따져서 없애는 게 우리 일이라서."라고 변명했다.

준키는 약간 불만스러웠지만, 드디어 해방된다는 안도감이 커서 아무 말도 하지 않았다.

그런데 중년 형사는 마지막으로 준키를 흔들었다.

"마지막으로 지문 채취랑 얼굴 사진 촬영만 하면 돼."

허를 찔렸다. 준키는 반사적으로 "네?"라고 목소리를 높였다.

"저는 어디까지나 참고인이잖아요?"

"만일을 위해서야."

"만일을 위해서라니…."

"곤란할 이유라도 있어?"

준키는 당황스러움을 감추기 위해 "괜찮아요."라고 말했다. 반응을 떠보는 것임을 알아차렸다. 여기서 거절하면 그들은 준키를 더 의심할 것이다.

생각이 얼굴에 드러나 보일까 봐 대화 주제를 바꾸었다.

"사진 하니까 생각났는데, 피해자 사진은 없나요? 궁금한데."

"아, 그렇지. 아직 안 보여줬군."

중년 형사는 사진 한 장을 보여주었다. 운전면허증 사진을 가져왔는지 피해자의 얼굴이 명확하게 보였다.

"이 얼굴을 아나?"

"전혀 모르겠어요." 준키는 아무렇지 않은 척했다.

중년 형사는 보람이 없다는 듯 사진을 집어넣었다.

그리고 준키는 잠시 대기하다가 금방 풀려났다. 진술조서에 서명한 뒤 경찰서에서 나왔다. 하지만 중년 형사는 의심이 담긴 눈빛을 숨기지 않았다. 완전히 의심에서 벗어나지는 못한 모양이다.

준키는 왼쪽 가슴에 손을 얹고 심호흡했다.

심장 박동도, 호흡도 한동안 차분해질 줄을 몰랐다.

준키는 집에 도착하자마자 화장실로 달려가 위장에 든 것을 전부 토해냈다.

토하는 동안은 아무 생각도 하지 않을 수 있었다. 위장이 비자, 입을 헹구었다.

눈앞에 놓인 문제에 몸이 휘청거렸다.

켄스케의 방에서 상온 보관된 생수를 꺼내 단숨에 반을 들이켰다.

"사고 쳤다…"

켄스케가 애용하던 사무용 의자에 앉아 돌이킬 수 없는 운명을 자각했다. 경찰에 자신의 정체를 숨긴 채 진술조서에 서명했다. 타카기 켄스케가 정말 살인범이라면, 준키는 도주를 방조한 셈이었다.

하지만 후회는 없었다. 켄스케는 다른 사람의 신분증을 사용하면 범죄라고 충고했다. 그러니 경찰에 사실을 털어놓았어도 무죄 방면되지는 않았을 것이다.

"켄스케는 지금 어디에 있는 거지…?"

준키는 스마트폰을 켜서 메시지가 왔는지 확인했다. 켄스케가 사라진 뒤, 거의 무의식적으로 스마트폰 화면을 확인하는 습관이 생겼다. 하지만 화면에는 술을 마시러 오라는 동아리 친구의 메시지만 떠 있었다.

켄스케는 두 번 다시 준키에게 연락하지 않을 것이다. 그런 예감이 들었다.

마냥 기다려봤자 소용없다.

스마트폰으로 뉴스 사이트에 들어갔다. 대단한 뉴스는 아니었지만, 여러 신문사가 스기나미구에서 발견된 익사체에 관한 기사를 냈다. 기사에는 하나같이 '경찰은 사고사와 타살 등 모든 가능성을 열어놓고 조사하고 있다'고 적혀 있었다. 하지만 조금 전 형사는 타살을 염두에 두는 것 같았다. 타살 혐의점을 철저하게 파헤친 뒤에 증거가 발견되지 않으면 사고라고 판단할 요량인 듯했다.

어떤 뉴스에도 용의자에 관한 정보는 없었다. 형사가 말한 대로 '타카기 켄스케'는 아직 피의자에 가까운 참고인이라는 뜻이었다.

이어서 피해자의 이름, 사카에다 시게미치를 검색했다.

예상과 다르게 검색 결과가 많았다.

약 4년 전에 업로드된 기사 링크는 죽어 있었지만, 여러 블로그에 기사 내용이 그대로 옮겨져 있었다.

준키는 그것을 보고 탄식했다.

'승용차에 일부러 부딪혀 합의금을 뜯어내는 보험사기를 저지른 혐의로….'

'용의자 사카에다 시게미치(28)를 공갈죄로 체포했다고 발표했다.'

'용의자 사카에다는 지난달 길거리에서 달리는 승용차에 고의로 부딪혔다. 운전자에게 돈을 내면 합의해주겠다면서 현금을 뜯어냈다.'

'개인 사업을 하는 택배업자나 운전기사를 노렸다고 진술했으며….'

블로그에는 경찰차에 타는 사카에다 시게미치의 사진도 있었다.

준키가 본 적 있는 얼굴이었다.

"아버지를 공갈한 사람이야…"

사실 심문실에서 사진을 봤을 때부터 눈치챘다.

사카에다 시게미치는 예전에 준키의 아버지를 협박해 가정을 망가뜨린 남자였다.

"역시 돈을 뜯어내려고 접근한 사기꾼이었구나…."

테이블을 내려치고는 양손으로 얼굴을 감쌌다.

익사한 남자는 과거에 범죄를 저질렀다.

그 블로그 글을 다 읽었을 즈음, 준키는 울고 있었다. 슬 퍼서만은 아니었다. 복받치는 감정을 주체하지 못해 오열 을 터뜨렸다.

아버지는 교통사고를 일으킨 죄책감 때문에 사카에다에 게 돈을 주었다. 하지만 그것은 엄청난 착각이었다. 뒤에서 낄낄대며 좋아했을 사카에다 시게미치의 모습이 머릿속에 그려지자, 통한의 눈물이 흘러나왔다.

머리를 쥐어뜯으며 몇 번이고 테이블을 내려쳤다.

사카에다는 교도소에서 나온 지 얼마 되지 않아 익사했 다.

무슨 일이 있었는지는 모른다. 하지만 새로 알게 된 사 실도 있었다.

피해자를 불러낸 '타카기 켄스케', 준키와 연이 있는 남 자가 맞이한 의문의 죽음, 그리고 그날 사라진 타카기 켄 스케. 이 세 요소가 우연히 겹쳤을 리가 없다. 무엇보다 준 키가 자신의 과거를 털어놓은 상대는 켄스케뿐이었다.

"어느 모로 보나 확실하잖아." 준키는 희미한 목소리로 혼자 중얼거렸다. "네가 그 범행에 관여한 게."

준키는 누군가가 그 말을 부정해주기를 바랐다.

하지만 진실을 아는 타카기 켄스케는 그곳에 없었다.

제정신이 아니었다.

2년 동안 일궈 온 일상이 무너지기 시작했다.

친구들과 함께 공부에 매진하던 대학 생활도, 켄스케와 함께 소설을 고치던 동거 생활도 이제 연기처럼 사라졌다. 모아놓은 돈은 아직 한참 모자랐다. 얕고 넓게 교류하던 대학교 친구들이 자신의 결백을 믿어주리라는 확신도 없었다.

모래성이 바람에 휩쓸려 사라지듯이 겨우 손에 넣은 안정적인 삶이 끝나 갔다.

지금 당장 체포된 뒤 맨몸으로 쫓겨나면 나는 어떻게 될까.

―아무도 나를 필요로 하지 않아서 자살을 택한 날.

벚나무 아래에서 흔들리던 비닐 끈이 머리에서 떠나지 않는다.

그것만은 싫다. 그렇게 마음이 절규했다.

준키는 밤이 될 때까지 타카기 켄스케의 소지품을 뒤졌

다. 그가 있는 곳을 가르쳐 줄 힌트를 찾고 싶었다. 하지만 아무것도 찾지 못했다. 애초부터 켄스케는 물욕이 없었다. 옷과 침구, 컴퓨터만 있으면 사는 데 지장이 없을 정도였다.

남겨진 컴퓨터와 스마트폰에는 그의 교우 관계를 알려주는 정보가 아무것도 없었다. 통화 앱에 등록된 연락처는 준키와 담당 편집자뿐이었다. 스마트폰에는 연락이 닿지 않는 켄스케를 걱정하는 담당 편집자의 메시지가 쌓여 있었다.

그러나…, 사카에다 시게미치에 관한 정보는 컴퓨터에 저장되어 있었다.

신문기사 PDF 파일이 있었다. 사카에다 시게미치는 체포되던 당시 관공서 위탁직원이었고 재판에서는 징역 2년을 선고받았다고 쓰여 있었다.

타카기 켄스케는 사카에다 시게미치를 뒷조사했다. ─그가 범행에 관여했음을 알려주는 증거였다.

준키는 사카에다의 죽음을 기뻐할 여유가 없었다.

켄스케는 지금 어디에서 무얼 하고 있을까.

불안감에 휩싸여 최악의 상황을 머릿속에 그렸다.

─타카기 켄스케는 타테이 준키에게 살인죄를 뒤집어씌우고 도주했다.

말도 안 돼. 있을 수 없는 일이야. 나를 구한 은인이 그런 짓을 했을 리가 없어!

준키는 혼란스러운 머리를 감싸며 자신을 다독였다. 적어도 그럴 목적이었다면 켄스케는 범행 당일 준키가 알리바이를 만들 수 있도록 상황을 꾸미지 않았을 것이다.

그런데 타카기 켄스케는 대체 어떤 사정 때문에 준키의 시야에서 사라졌을까.

"켄스케에게 직접 물어보는 수밖에 없는데, 어떻게 찾아야 하냐고…."

화가 치밀어 혼잣말 소리가 커졌다.

타카기 켄스케가 연락하며 지낸 사람은 준키와 담당 편집자뿐이었다. 하지만 담당 편집자에게 타카기 켄스케가 실종된 사실을 알릴 수는 없었다. 담당 편집자가 정상적인 사회인이라면 분명 경찰에 신고할 것이다. 리스크가 너무 컸다.

인터넷 게시판에서 정보를 모을까 생각했다. '타카기 켄스케라는 남자를 아시나요?'라고 글을 쓰는 것이다. 얼마나 멍청한 짓인지 곧바로 깨달았다. 그렇게 수상쩍은 글은 무시당할 게 뻔하다.

그렇다면 시오미 하루의 정보를 쫓으면 어떨까. 하지만 시오미 하루는 정체를 밝히지 않는 익명 작가이다. 출신지가 어디인지조차 세간에 알려지지 않았다.

떠오른 아이디어에 하나둘 엑스가 쳐졌다.

켄스케가 예전에 무언가 힌트를 남기지 않았을까. 아니, 그와 나눈 대화의 주제는 대부분 소설이었다. 철학적이거나 추상적인 대화뿐이었다.

'내 분신이 되지 않을래?'

켄스케가 했던 말이 떠올랐다.

그 말 그대로의 의미였을까. 아니면 처음 만난 시점부터 이렇게 사라질 계획이었을까. 그는 어떤 마음을 그 말에 담았을까.

분신….

문득 어떤 생각이 번득였다.

켄스케를 찾을 한 가지 방법이 떠올랐다.

경찰 조사를 받은 다음 날, 준키는 구청으로 향했다.

타카기 켄스케의 이름으로 신청서를 쓰고 타카기 켄스케의 학생증을 첨부해서 직원에게 제출했다. 직원은 준키의 얼굴을 힐끔 보고는 접수표를 건넸다.

학생증에 첨부된 사진은 이미 타테이 준키의 사진이었다. 필요한 서류는 문제없이 발행될 것이다.

자신이 타카기 켄스케의 분신이라서 쓸 수 있는 방법이

었다.

대기하는 15분이 몇 시간처럼 느껴졌다.

창구 직원이 켄스케의 이름을 부르자마자 달려가서 서류를 받았다. 그것을 소중하게 봉투에 넣고 인적 없는 화장실에서 꼼꼼히 읽었다.

준키가 발행한 서류는 타카기 켄스케의 주민등록표였다.

거기에는 타카기 켄스케의 과거 주소가 나와 있었다.

켄스케의 과거 주소는 도쿄 근교였다.

이곳이 고향인가.

인터뷰 기사 하나조차 없는 시오미 하루의 출생지일지도 모른다.

준키는 타카기 켄스케의 주민등록표를 다시 조심스럽게 봉투 안에 넣었다.

지금 당장 켄스케에게 따져 묻고 싶었다. 이 곤경에서 벗어날 방법이 있는지. 정말 살인을 저질렀는지. 2년 동안 이어 온 분신 생활의 진실은 무엇인지.

ATM에서 아르바이트비를 뽑았다.

주민등록표에 기재된 내용을 한 번 더 확인하고는 JR 열차 시간표를 찾아보았다.

제
3
장

타카기 켄스케의 고향은 도쿄에서 그리 멀지 않았다. 신주쿠역에서 JR 열차를 타고 30분 정도 달리면 나오는 베드타운. 준키가 나고 자란 지역과 가까웠다.

열차에서 내렸을 때, 준키는 묘하게 익숙한 느낌을 받았다. 중층 빌딩들이 역을 에워싸고 있었고, 그 빌딩 1층과 2층에는 익숙한 식당들이 잔뜩 들어차 있었다. 햄버거 가게, 카페, 일식집, 이자카야, 시중은행. 전국적으로 천 곳 이상의 가맹점을 둔 프랜차이즈 기업을 일렬로 늘어놓은 듯한 역 앞. 활기 넘치는 곳이었지만, 살풍경한 시골보다 감흥이 없었다. 보기만 해도 싫증이 났다.

버스를 타자, 드디어 지역 특색이 빛나는 풍경이 보이기 시작했다. 준키는 국도를 따라 늘어선 공산품 업체 광고를 보며 이곳이 공업으로 번성한 땅임을 알았다.

창밖에는 공장이 보였다.

하늘에 닿을 듯 우뚝 솟은 주황색 굴뚝이 길게 늘어섰다.

준키는 시오미 하루의 데뷔작을 두고 켄스케와 대화하던 순간을 떠올렸다. 흰 연기를 내뿜는 굴뚝이 아직도 있냐는 질문에 켄스케는 이렇게 대답했다.

'쓰레기 소각장이나 발전소에서는 볼 수 있어. 공업 지구에도 있고.'

굴뚝에서 흰 수증기가 피어올랐다.

준키는 이 동네가 작품의 무대일지도 모른다는 생각이 들었다. 어쩌면 굴뚝은 켄스케에게 의미 있는 장치였을지도 모른다.

사과해야겠다, 라고 준키는 속으로 다짐했다.

흰 연기를 내뿜는 공장이 실제로 있었다.

하지만 정작 사과를 받아야 하는 사람의 행방이 묘연했다.

차내 안내 방송에서 준키가 내릴 버스정류장 이름이 흘러나오자, 그는 하차 버튼을 눌렀다.

다시 주민등록표 내용을 확인했다. 과거 주소와 본적이 일치한다. 전입일과 전출일은 3년 전. 날짜상 켄스케가 열아홉 살일 때였다.

버스정류장에서 내리면, 타카기 켄스케의 본가가 나올 것이다.

타카기 켄스케의 본가는 정원 딸린 단독주택이었다.

앓는 듯한 속도로 트럭이 오가는 도로에서 벗어나 드문드문 밭이 자리한 길을 지나니 멋들어진 산울타리가 보였다. 준키의 키보다 큰 동백나무. 산울타리 아래에 검붉은 꽃잎들이 떨어져 있었다.

그다지 크지 않은 2층짜리 건물. 기와지붕 덮인 목조주택이었다.

정원에는 승용차를 주차할 공간과 타이어 자국이 있었지만, 차가 없었다. 외출 중인가.

준키는 '타카기'라는 문패를 확인하고 초인종을 눌렀다. 예상대로 반응이 없었다. 몇 번 더 초인종을 누르고 기다려보았지만, 집에서는 아무 소리도 들리지 않았다.

"이 시간에 그 집 주인은 회사에 있어."

산울타리 너머에서 목소리가 들려왔다.

준키가 고개를 돌리자, 동백나무 사이로 나이 든 여성이 얼굴을 내밀었다.

"타카기 테츠야 씨한테 용건이 있으면 쭉 가다가 두 번째 골목에서 오른쪽으로 꺾어."

아무래도 이웃인 모양이다. 옆집에 찾아온 보기 드문 손님이라 친절하게 길을 가르쳐주는 것 같았다.

준키는 기회를 놓치지 않고 적극적으로 물었다.

"저기, 이 집에 타카기 켄스케라는 남자애가 살던 거 기억하시나요?"

"타카기 켄스케?" 여성은 미간을 찌푸렸다. 잠깐 고민하더니 입을 열었다. "그랬던 것 같기도 하고, 안 그랬던 것 같기도 하고. 기억이 잘 안 나네."

옆집 손님에게 굳이 말을 걸 정도이니 이웃 간 교류가 꽤 활발한 동네인 것 같다. 그런데도 동네 행사에서 얼굴을 본 적이 없다는 말인가.

준키는 켄스케의 아버지가 있다는 곳으로 향했다. 논밭과 멀어지면서 점점 주택이 늘어나더니, 이내 연두색 건물이 나타났다. 가까이 가보니 '타카기 테츠야 세무사사무소'라는 간판이 보였다. 1층이 주차장, 2층이 사무실이었다. 2층 창문은 커튼으로 가려져 실내가 보이지 않았다.

외부 계단을 올라가서 문에 붙은 '용건이 있는 분은 초인종을 눌러 주세요'라는 안내문을 보자, 준키는 멈추어 섰다.

뭐라고 자기소개를 해야 할까.

설마하니 당사자의 부모님 앞에서 '타카기 켄스케'의 이름을 쓸 수는 없었다.

준키가 망설이는데, 문이 저절로 열렸다.

정장을 입은 남자가 놀란 표정으로 고개를 내밀었다. 나이는 50대쯤일까. 머리가 군데군데 하얗게 셌고 안경을 쓴 남자였다. 둥근 얼굴이 온화한 인상을 풍겼다.

"무슨 일이시죠?"

남자는 세무사사무소에 어울리지 않는 준키를 보고 고개를 갸웃했다.

준키는 상대의 표정을 살피면서 쭈뼛쭈뼛 말했다.

"저기… 타카기 테츠야 씨 계신가요?"

"제가 타카기 테츠야인데요."

"저, 아드님인 타카기 켄스케 씨 일로 찾아왔습니다."

타카기 테츠야의 입술이 미세하게 떨렸다. 굳은 표정으로 준키 뒤쪽에 시선을 던졌다.

준키는 뒤를 돌아보았지만, 당연히 아무도 없었다.

"혼자이신가요?" 타카기 테츠야가 물었다.

"네. 동행은 없습니다."

"그렇군요…" 타카기 테츠야가 준키와 눈을 맞추었다. "언젠가 당신 같은 사람이 찾아올 줄 알았습니다."

"그게 무슨 말씀이시죠?"

질문에 대한 답은 돌아오지 않았다. 타카기 테츠야는 "들어오세요."라고 말하며 준키를 사무실에 들였다.

세무사사무소에 다른 직원은 없었다. 서류가 난잡하게 쌓인 사무용 책상 네 개가 나란히 놓여 있었다. 출근날이 아니거나 직원들이 다 외근 중인 모양이다.

벽 한 면을 차지한 캐비닛이 원래도 좁은 사무실 공간을 더 비좁게 만들었다. 칸막이로 분리된 소파 주변만 깨끗해서 별개의 공간처럼 보였다. 잉크와 먼지 냄새가 가득하고 조용한 사무실이었다.

준키가 손님용으로 보이는 소파에 앉자, 타카기 테츠야가 커피를 타 주었다. 그는 준키 맞은편에 앉더니 "다시 소개하겠습니다. 타카기 켄스케의 아비 되는 타카기 테츠야입니다."라고 말했다. 타카기 켄스케의 주민등록표에 있던 세대주 이름과 같았다. 준키는 명함을 받을 것이라 기대했지만, 타카기 테츠야는 그런 낌새를 보이지 않았다.

"갑작스럽게 죄송합니다." 준키는 깊이 고개를 숙였다. "타테이 준키라고 합니다. 타카기 켄스케의 룸메이트입니다. 조금 문제가 있어서 찾아뵀습니다."

"문제…요?"

"경찰에는 알리지 말아 주시겠어요? 지금부터 제가 하는 이야기가 경찰에 알려지면 아드님인 타카기 켄스케 씨가 곤란해집니다."

준키는 말을 마치고 나서야 자신이 얼마나 수상해 보일지 깨달았다. 신뢰를 얻기 위해 치밀한 거짓말을 준비했어야 했다.

타카기 테츠야가 의심스러운 표정을 지었다.

준키는 리스크가 있음을 알면서도 지갑에서 켄스케의 건강보험증을 꺼내 건넸다.

"켄스케의 건강보험증…?" 타카기 테츠야의 눈이 가늘어졌다.

"그걸 맡길 정도로 친한 사이입니다."

"어째서 당신이 그 아이의 건강보험증을 갖고 있죠?"

"이유는 말할 수 없습니다. 죄송합니다."

타카기 테츠야는 건강보험증과 준키의 얼굴을 여러 번 번갈아 보았다. 마른 입술에 침을 바르고는 고개를 끄덕였다.

"…알겠습니다. 자세한 사정은 묻지 않는 게 좋겠죠."

타카기 테츠야는 건강보험증을 돌려주었다.

준키는 생각보다 쉽게 신뢰를 얻어 안도하면서도 타카기 테츠야의 담백한 태도가 마음에 걸렸다.

상황 파악도 너무 빠르고, 갑작스러운 손님이 나타났는데도 동요하지 않는다.

"저기, 아까 하신 말씀은 무슨 뜻인가요? 언젠가 저 같은 사람이 찾아올 줄 알았다고…."

"그저 예감 같은 겁니다. 별다른 의미는 없습니다."

타카기 테츠야가 말했다.

"준키 씨, 저는 당신의 사정을 묻지 않을 겁니다. 제가 아는 정보를 당신에게 얘기할 거고, 당신이 저를 찾아왔다는 사실을 자진해서 경찰에 알리지는 않을 거예요. 다만 경찰이 묻는다면, 처음 보는 남자에게 협박을 당해서 아들에 관해 이야기했다고 말할 생각입니다."

타카기 테츠야는 입을 꾹 다물고 준키를 똑바로 쳐다보았다.

왜인지는 모르겠지만, 타카기 테츠야는 켄스케와 엮이기를 싫어하는 것 같았다. 어서 준키를 쫓아내고 싶은 듯 차가운 말투. 켄스케에게 어떤 문제가 있는지 궁금해하지도 않는다.

그러고도 아버지냐, 라는 말을 뱉을 뻔하다가 문득 깨달았다.

타카기 테츠야는 얼굴이 둥글다. 얼굴이 길쭉한 켄스케와는 생김새가 다르다.

"실례되는 질문일지도 모르지만," 준키가 큰마음을 먹고 물었다. "혹시 켄스케와는 혈연이…"

"직접적인 혈연관계는 아닙니다." 타카기 테츠야가 말했다. "저는 그 아이의 양부입니다."

준키가 노트와 펜을 들자, 타카기 테츠야가 이야기를 시작했다.

"제가 그 애를 입양한 건 그 아이가 열한 살 때였습니다. 4년 동안 저희 집에서 지내다가 중학교를 졸업한 뒤에 홀연히 사라졌어요. 제가 아는 건 그 짧은 기간뿐입니다."

"처음에 어떤 이유로 켄스케를 입양하셨나요?"

"그 애는 화재로 아빠를 잃었습니다. 그 애 엄마가 혼자서는 못 키운다고 해서 아동상담소에서 제게 연락을 줬습니다. 저는 그런 친척이 있는 줄도 몰랐는데, 마침 저랑 아내 사이에 아이가 없어서 그 애를 입양했습니다."

"화재요? 켄스케에게 그런 과거가…."

준키는 중얼거리다가 문득 깨달았다.

"혹시 켄스케도 화재 현장에 있었나요?"

"왜 그런 걸 묻죠?"

"켄스케는 요리를 하지 않거든요. 불에 트라우마가 있었나 싶어서요."

냉동식품과 채소 주스만 섭취하는 켄스케의 모습이 준키의 기억에 남아 있었다.

그다지 어려운 질문이 아니었는데도 타카기 테츠야는 뜸을 들이다가 대답했다.

"…맞습니다. 우연히도 화재 현장에 있었어요."

"우연?" 준키가 저도 모르게 되물었다.

그러자 타카기 테츠야는 "당시 켄스케와 그 애의 아버지는 따로 살았거든요…."라고 가르쳐주었다.

사정이 있는 가정이었나 보다. 준키는 노트에 메모한 뒤 말을 꺼냈다.

"타카기 테츠야 씨, 단도직입적으로 말하겠습니다. 저는 지금 실종된 타카기 켄스케를 찾고 있습니다. 켄스케가 의지할 만한 사람을 아십니까?"

"저는 모릅니다." 타카기 테츠야가 딱 잘라 말했다.

"친구나 애인은요?"

"그것도 모릅니다."

"같이 사셨잖아요? 정말 모르세요?"

"그 아이는 계속 마음을 닫고 지냈습니다. 내화다운 대화도 없었어요. 본인도 불편했는지 초등학생 때는 자기 방에 틀어박혀 지냈고, 중학교에 올라간 뒤로는 한밤중이 돼서야 집에 돌아왔어요."

타카기 테츠야가 덤덤하게 말했다.

그가 이야기하는 존재는 사람이 아니라 프로그래밍된 대로 움직이는 기계 같았다. 담담하게 학교와 집을 왔다 갔다 하고, 자기 방에서는 송장처럼 움직이지 않는 소년. 그런 사람이 있을 리가 있나.

하지만 그 뒤로 질문을 거듭해도 켄스케의 교우 관계에 관한 구체적인 대답은 돌아오지 않았다. 켄스케의 친모는 이미 죽었다고 한다.

타카기 테츠야는 켄스케가 졸업식 날 남기고 사라진 편지를 끝으로 그와 접촉한 적이 없다고 했다.

'혼자 살겠습니다. 그동안 감사했습니다.'

타카기 테츠야는 그의 의사를 존중해 실종신고를 하지

않았다.

그는 켄스케가 어디에 있는지 짐작도 가지 않는 모양이었다. 준키는 다른 정보 제공자를 찾기로 했다.

타카기 테츠야는 켄스케가 시립 니시중학교를 졸업했다고 알려주었다.

"시내에 있는 니시중학교요?" 드디어 다음 단계로 나아갈 정보를 얻었다. "켄스케와 같은 해에 졸업한 학생을 아무나 소개해주실 수 있을까요?"

"알겠습니다. 왕래가 있는 이웃 중에는 알려드릴 수 있습니다."

그거면 충분하다.

타카기 테츠야는 그 사람의 집으로 가는 경로를 종이에 그려주었다.

준키가 자리에서 일어나자, 타카기 테츠야가 말했다.

"준키 씨." 목소리가 담담하고 사무적이었다. "괜한 오지랖이지만, 켄스케랑 너무 엮이지 않는 게 좋아요."

"무슨 말씀이세요?"

"무리하게 찾지 않는 게 좋다는 말입니다."

타카기 테츠야가 중얼거렸다. "꺼림칙한 아이였거든요."

"꺼림칙하다고요…?"

"친엄마조차 그 애를 못 키웠어요."

무슨 말이냐고 되물었지만, 타카기 테츠야는 그 이상 대답하지 않았다.

그 충고가 오래도록 준키의 귓가에 맴돌았다.

준키는 국도를 걸으면서 타카기 테츠야의 태도를 다시 떠올렸다.

타카기 테츠야는 켄스케에게 관심이 없었다.

준키를 대하는 그의 태도도 마찬가지였다. 말로, 자세로, 심지어 눈빛으로도 이 문제에 엮이기 싫다고 외쳤다.

돌이켜보니, 타카기 테츠야의 이웃도 켄스케를 알지 못했다.

준키는 켄스케가 너무 가엾다는 생각이 들어서 화가 났다. 물론 당시의 켄스케에게도 문제가 있었을 것이다. 타카기 테츠야와 켄스케는 피가 한 방울도 섞이지 않았다. 그래도 그들은 한때 같이 살았다. 그런데 지금의 켄스케가 잘 있는지조차 궁금해하지 않는다니.

대형 트럭이 바로 옆을 지나갔다. 배기가스 냄새만을 남기고.

시간은 오후 세 시였다.

준키는 초등학생 시절 방과 후를 떠올렸다. 친구들과 자주 축구를 했다. 수업이나 공부보다는 걷어찬 공이 어디로 향하는지가 더 중요했다. 양말을 새까맣게 만들어서 엄마에게 자주 혼이 났다.

타카기 켄스케의 어린 시절을 상상해 보려고 했지만, 마음처럼 되지 않았다. 켄스케에게도 준키처럼 놀이터를 뛰어다니던 때가 있었을까. 아니면 양부의 집에서 숨을 죽인 채 줄곧 시간이 흐르기만을 기다렸을까.

그런 생각을 하면서, 준키는 켄스케의 중학교 동창을 만나러 갔다.

—켄스케가 있는 곳을 알 만한 사람을 찾아야 한다.

화를 낼 때가 아니다. 정신을 바짝 차려야 한다.

준키가 만나기로 한 남자는 자기 집에 있었다. 갈색 머리에 조금 살집이 있는 남자. 태도가 야멸찼다. 그는 준키를 보더니 혀를 찼다. 준키가 "저는 탐정이고 타카기 켄스케를 쫓고 있습니다."라고 거짓으로 설명한 뒤 취재비 이야기를 슬쩍 꺼내자, 그제야 표정을 풀었다.

그 역시 타카기 켄스케에 대해 아는 것이 거의 없었다. 같은 교실에서 생활했는데도 말이다. "성적은 좋았던 것 같아.", "다가가기 힘든 느낌이었지, 아마."라고 애매한 인상만 이야기할 뿐, 구체적인 에피소드는 하나도 내놓지 못했다.

타카기 켄스케는 가족을 거부한 것처럼 학교에서도 주

변 사람들과 거리를 둔 모양이다.

어떻게 해야 하지, 라고 생각하다가 준키는 한 가지 생각을 떠올렸다.

"혹시 앨범이 있나요?"

"앨범?" 남자가 되물었다.

"졸업앨범이요. 타카기 켄스케가 찍힌 페이지를 보여주세요."

남자가 곧장 졸업앨범을 가져왔다. 확인할 부분은 동아리 활동 페이지. 타카기 켄스케의 모습은 예상치 못한 곳에서 찾을 수 있었다.

화려한 유니폼이 눈길을 끄는 사진들 속에 교복 차림 그대로 사진을 찍은 모임이 있었다. '과학부 천체반'이라고 적혀 있었다. 거기에 지루한 표정을 한 타카기 켄스케가 보였다.

옆에는 눈매가 날카롭고 어깨가 구부정한 남자가 서 있었다. 수학여행이나 체육대회 페이지를 펼쳐보아도 켄스케 옆에는 어김없이 그 남자가 함께였다. 두 소년은 한창 즐거워 보이는 아이들과 멀리 떨어진 곳에서 지루한 표정으로 카메라를 보고 있었다.

"이 사람의 연락처를 아시나요?"

적어도 켄스케를 찾는 것보다는 쉬우리라는 예감이 들

었다. 학생들의 얼굴 사진이 늘어선 페이지에서 남자의 이름을 확인했다.

미네 소우이치라는 남자였다.

국도 옆에 위치한 패밀리 레스토랑은 밤 열 시가 지나서도 시끌벅적했다.

젊은이들을 중심으로 학생부터 성인까지 여럿이 모여 이야기꽃을 피우고 있었다. 큰 목소리로 떠들어도 된다는 규칙이라도 있는지, 손뼉을 치며 웃는 사람까지 있었다. 그런 손님에게 주의를 주는 점원은 없었다. 준키는 손님들의 벌건 얼굴을 보고 이곳이 술을 제공하는 가게임을 알아차렸다. 패밀리 레스토랑 주차장에 서 있던 자전거를 떠올리며, 누군가는 틀림없이 음주운전을 해서 돌아가겠거니 생각했다.

미네 소우이치는 스물셋이라는 젊은 나이에 이곳 점장이라고 했다.

켄스케의 동창은 "그래 봤자 프랜차이즈 직영점에 다니는 일개 종업원이야. 책임과 잡무만 많고 이름뿐인 관리직이지."라고 설명했다.

준키가 점원에게 말을 걸자, 흡연석으로 안내를 받았다. 잠시 기다리는데, 패밀리 레스토랑 유니폼을 입은 남자가 다가왔다. 중학교 때와 마찬가지로 눈매가 날카롭고 몸집이 작은 남자. 미네 소우이치였다.

"당신이 준키구나."

미네는 노골적으로 눈살을 찌푸렸다.

"중학교 동창이 갑자기 연락했더군. 타카기 켄스케의 지인을 찾는 사람이 있으니 만나 달라고. 이렇게 불쑥 찾아오면 곤란해."

"죄송합니다. 하지만 꼭 찾아야 해서요."

"그건 그쪽 사정이지."

미네는 준키 맞은편에 앉아서 호출 벨을 눌렀다. 여자 아르바이트생이 오자, 커피 두 잔을 가져오라고 했다.

"탐정이라고 들었는데, 진짜야? 켄스케에게 불리한 정보는 얘기하고 싶지 않아."

준키는 준비해둔 거짓말을 늘어놓았다.

타카기 켄스케가 이번에 경사스럽게도 결혼을 하게 되었다. 그런데 상대가 대기업 사장의 딸이라 그녀의 부모가 결혼 사기를 의심하고 있다. 그들은 타카기 켄스케의 신원을 조사해달라고 탐정사무소에 의뢰했고, 그래서 자신이 파견되었다고 말했다.

미네는 대충 설명을 듣더니, 준키에게 날카로운 눈빛을 보냈다.

"켄스케는 어떤 사람이랑 결혼하지?"

"켄스케에 대해서 알려주시면 말씀드리죠."

미네는 흐음, 하며 입술을 핥았다. 가슴 주머니에서 담배를 꺼내 불을 붙였다.

준키의 말을 믿기 어려운지 연기를 뿜으며 곰곰이 생각에 잠겼다.

두 사람이 자리 잡은 테이블에 커피가 나올 즈음, 드디어 미네가 입을 열었다.

"뭐, 사실 나는 아는 게 별로 없어."

네? 라고 준키가 목소리를 높였다. 미네가 켄스케의 유일무이한 친구인 줄 알았다.

"당신이 생각하는 그런 관계가 아니야." 미네가 담뱃재를 털었다. "애초에 그 녀석한테는 친구가 없거든. 나도 어차피 남이야. 내가 아는 게 있다면, 글쎄…."

미네는 자조하듯 입꼬리를 일그러뜨렸다.

"당신…, 무호적 아동이라고 알아?"

"무호적이요?"

"말 그대로야. 호적이 없는 아이라는 뜻이지."

그 말이 무슨 뜻인지 금방 이해할 수 없었다.

─그런 일이 있을 수 있나?

준키가 굳어 있자, 미네가 별일 아니라는 듯 말했다.

"부모가 출생 신고를 하지 않으면 아이는 호적을 못 받아. 그뿐이야."

"그런데 호적이 없으면 안 되잖아요. 학교랑 병원에도 못 갈 텐데. 출생 신고를 안 하는 부모가 있나요?"

"있어. 우리 부모님이 그랬거든."

미네는 자신의 옷깃 언저리를 엄지손가락으로 툭툭 쳤다.

"어떤 사정이 있었나요?"

미네는 씁쓸한 미소를 지으며 설명해주었다.

무호적에도 여러 패턴이 있다고 한다. 엄마가 애초에 무호적자라서 출생 신고를 할 수 없는 경우나, 부모가 체류 자격이 없는 외국인이라서 관공서에 갈 수 없는 경우. 옛날에는 산부인과 의사가 병원비를 내지 못하는 임산부에게 출산증명서를 주지 않는 사례도 있었다고 한다.

"제일 흔한 사례는 300일 규칙과 관련된 케이스라고 들었어."

준키는 처음 듣는 용어였다.

미네가 으스대며 설명해주었다.

"어떤 여자가 이혼한 지 300일이 되기 전에 아이를 낳으면, 그 아이의 호적상 아버지를 전남편으로 추정하는 거야. 누가 아이의 아버지인지 확실치 않아서 생기는 혼란을 방지하려고 만든 법이지."

준키는 네…, 라고 작게 중얼거리며 고개를 끄덕였다.

그 말만 들으면 아기를 위한 법 같다. 이혼한 뒤에도 아이가 아버지를 가질 수 있으니까.

"그 법과 켄스케가 무슨 상관이 있죠?"

"일단 끝까지 들어. 얘기가 좀 길어지겠지만."

미네가 이어서 설명했다.

"우리 아버지란 사람은 가정폭력범이었어. 어머니랑 싸울 때마다 식칼을 휘두르는 쓰레기였지. 어머니는 다른 남자의 집으로 도망쳐서 이혼 조정을 신청했어. 그러는 와중에 나를 임신했고."

그렇다면 이혼 후에 출산하더라도 호적상 아버지는 전남편이 될 터였다.

준키가 아버지를 다른 사람으로 변경할 수 없냐고 묻자, 미네는 법원에 신청하면 된다고 대답했다.

"하지만 전남편이 협조해 줘야 하는 경우가 대부분이야. 우리 어머니는 그러기엔 위험하다고 판단하셨지. 가정폭력범의 손에서 나를 지키기 위해서는 출생 신고를 하지 않는 게 최선이었어."

그래서 미네는 무호적 아동이 되었다고 한다.

믿을 수 없었다.

이혼 날짜만으로 아버지를 추정하다니, 너무 구시대적이
었다.

"DNA 검사만 하면 누가 아버지인지 알 수 있는 시대인
데."

왜 법을 개정하지 않는 것일까. 준키는 분노를 느끼며 신
음했다.

세상은 우리에게 관심이 없거든. 미네가 그렇게 내뱉었
다.

어디선가 들어본 것 같은, 체념 섞인 목소리였다.

"그래서 나는 아홉 살이 돼서야 호적을 얻었어. 처음으
로 등교하던 날이 기억나. 나한테 학교는 '갈 수 있는 사람
만 가는 곳'이었거든. 학교에 다니는 게 당연하다는 걸 알
았을 땐 정말 충격이었지. 뭐, 제일 놀란 이유는 역시 이름
때문이었지만."

"이름이요?"

"나는 아홉 살 때까지 내 본명이 '소우'인 줄 알았어. 웃
기지? 어머니는 늘 나를 '소우'라고 불렀거든. 학교에 갔더
니 사람들이 자꾸 '소우이치'를 찾는데, 그게 나를 가리키
는 말인 줄은 몰랐어."

미네는 그날이 되기까지 본명을 쓸 기회가 없었다고 했
다.

유치원에도 초등학교에도 다니지 못했으니 당연하다. 애초에 본명이 공적으로 정해지지 않은 상태였다.

미네는 등교한 순간 처음으로 자신이 이질적인 존재임을 깨달았다. 자신의 이름, 학교의 규칙, 연필 깎는 법, 걸레 짜는 법… 그런 것을 모르는 사람은 그 교실에 미네 혼자뿐이었다. 주변 사람들은 그를 '소우이치'라고 불렀다. 하지만 그의 인식 속에서 그의 이름은 아직 '소우'였다.

미네는 가슴이 먹먹해졌는지 새 담배를 입에 물고 불을 붙였다.

준키는 그의 이야기에 깊이 빠져들었다. 하지만 이내 이곳에 온 목적을 떠올렸다. 지금 준키가 들어야 할 이야기는 켄스케에 관한 정보였다.

"그래서 켄스케와는…."

"서론이 길었군. 그 당시 나는 반 아이들과 어울리지 못했는데, 그때 내게 말을 걸어준 사람이 켄스케였어. 점심시간에 정글짐에서 울던 내 옆에 어느샌가 그 녀석이 와 있길래, 나는 불안한 마음을 털어놓았지. '완전히 다른 사람이 된 기분이야'라고. 그랬더니 녀석이 그러더라. '네 영혼은 계속 여기에 있어'라고."

준키는 눈을 동그랗게 떴다. 들어본 적이 있는 말이었다.

"영혼, 이요…?"

"어린 나는 그 말이 무슨 뜻인지 몰랐지만, 어쩐지 구원받은 느낌이었어. 내 영혼은 오래전부터 계속 여기에 있었으니, 겨우 이름 하나 바뀌었다고 달라지지는 않겠구나 싶더라. 그날부터 나는 켄스케에게 관심이 생겼어. 순수하게 켄스케의 친구가 되고 싶었어. 켄스케도 나랑 친구가 되고 싶어서 나한테 말을 걸었다고 생각했거든."

"그런데 아니었나요?"

"아니었어. 나는 초등학교에서도 중학교에서도 켄스케 옆에 있었어. 하지만 결국 켄스케의 웃는 얼굴은 볼 수 없었지. 딱 한 번 켄스케의 집에 놀러 간 적이 있는데, 바로 쫓겨났어. 내가 일방적으로 놀자고 찾아갔다가 거절당한 거야. 그러다 어느 날 켄스케는 집을 나갔지."

미네는 스스로가 한심하다는 듯 말했다.

준키가 "정말 남이었군요."라고 솔직한 감상을 말하자, 미네는 "조용히 해." 하며 입을 삐죽였다. 못마땅해하는 얼굴이었지만, 처음 만났을 때보다는 표정이 부드러웠다.

"어쨌든 그런 과거를 가진 나라서 켄스케의 과거가 어땠을지 짐작이 돼."

"어땠을 것 같은데요?"

"아마⋯ 켄스케도 무호적 아동이었을 거야."

방금 미네가 말한 서론이 이렇게 연결되는 것인가.

준키는 저도 모르게 몸을 앞으로 기울였다.

"왜 그렇게 생각했는지 물어도 될까요?"

그러자 미네가 설명했다.

그는 초등학생 때 켄스케의 과거 이야기를 주변에서 주워들었다. 반 아이들이 말하길, 타카기 켄스케도 미네처럼 어느 날 갑자기 학교에 나타났다고 했다. 전학을 온 것도 아니었고, 출석부에도 계속 이름이 없었는데, 갑자기 학교에 켄스케의 자리가 생겼다. 당시 타카기 켄스케는 명백히 튀는 학생이었다. 수업을 자주 빼먹었고 학교가 어떤 곳인지 이해하지 못했다.

"언제 한번 켄스케에게 직접 물어봤어." 미네는 자랑하듯 말했다. "녀석은 맞다고 인정하지 않았지만, 아니라고 부정하지도 않았어."

타카기 켄스케가 원래 무호적 아동이었다는 가설에는 일리가 있었다. 실제로 타카기 켄스케는 가정사가 복잡했다. 켄스케가 미네에게 말을 건 이유가 같은 무호적 아동으로서 조언해주기 위해서였다고 생각하면, 너무나 켄스케다워서 납득이 된다.

예전에 켄스케가 그런 말을 했다. 세상은 우리에게 관심이 없다고.

무호적 아동으로 살면서 그런 일을 경험한 것일까.

"내가 아는 건 이게 다야."

미네는 담배 연기를 깊이 마시고는 테이블에서 몸을 떼며 소파에 기댔다.

"이제 당신이 얘기할 차례야."

"네?"

"'네?'라니? 켄스케는 요즘 어떻게 지내냐고. 결혼한다는 건 거짓말이지?"

준키는 다시 미네의 얼굴을 살폈다. 변함없이 미간에 주름이 잡혀 있다. 기분이 나빠서가 아니라, 그의 버릇인 모양이다. 미네는 불쑥 들이닥친 준키를 매몰차게 쫓아내는 대신, 시간을 내서 아는 것을 말해 주었다.

상황이 상황인지라 모든 것을 털어놓기는 어렵지만, 미네는 믿을 만한 사람인 것 같았다.

"켄스케는 대학생이고, 저랑은 룸메이트예요. 그런데 지금 행방이 묘연해요."

"행방이 묘연하다고?" 미네가 의아한 목소리로 물었다.

"네. 경찰에는 말할 수 없는 사정이 조금 있어요."

신분증을 교환한 것과 타카기 켄스케에게 살인 혐의가 있다는 이야기는 빼고 그와 연락이 닿지 않는 지금 상황을 설명했다. 거짓말을 하기는 괴로웠지만, 경찰이 준키를 의심한다는 사실은 철저하게 숨겼다.

조용히 이야기를 듣던 미네는 "행방이 묘연하다라…." 하며 팔짱을 꼈다.

"미네 씨, 짚이는 데가 없나요?"

"없어. 누차 말했지만 나는 그 녀석이랑 남이야. 내가 아는 한, 켄스케한테는 친구도 애인도 없어."

"만나는 사람마다 그 말을 하더군요."

준키는 크게 한숨을 쉬며 패밀리 레스토랑 천장을 올려다보았다. 집중력이 떨어지니 옆 테이블에서 오가는 거슬리는 이야기가 귀에 들어왔다. 젊은 사람들이 모여 신나게 음담패설을 늘어놓는다. 준키는 그 가벼운 대화가 괜히 원망스러웠다.

나는 억울하게 살인범이 되게 생겼는데.

미네는 하얀 이를 드러내며 준키를 놀리듯 웃었다.

"그 녀석을 쫓는 건 애초에 불가능해. 안됐네."

아무래도 미네 역시 사라진 켄스케를 찾아다닌 적이 있는 모양이다.

"그래도 난 오랜만에 옛날이야기를 할 수 있어서 재미있었어. 역까지 데려다줄게."

미네는 차 키를 손가락으로 돌리면서 말했다.

역으로 향하는 차 안에서 미네는 중학생 때 켄스케가 어땠는지 자기 일처럼 자랑하며 이야기를 늘어놓았다. 입학 초부터 시험에서 우수한 성적을 거두어 주목을 받은 것. 여자애들에게 인기가 많았지만, 다가가기 어려운 분위기를 풍기는 탓에 다들 직접 고백할 엄두를 못 내서 미네가 자주 징검다리 역할을 한 것. 다른 사람과 식사하기를 어지간히 싫어해서 급식 시간이 되면 늘 표정이 좋지 않던 것. 켄스케가 학교에 나오지 않자, 미네가 교사에게 불려가 이런저런 질문을 받은 것.

그런 이야기를 들으니 준키는 어쩐지 마음이 놓였다.

제대로 지켜봐 주던 사람이 있었구나.

켄스케는 친모에게 버림받았고 양부에게도 내쳐졌다. 그의 곁에 있던 사람은 아주 적을지도 모른다. 그래도 타카기 켄스케에게 마음을 쓰는 사람이 있었다.

"결국 나는 켄스케가 학교를 빼먹고 뭘 했는지 듣지 못했어."

미네는 핸들을 꽉 쥐며 분하다는 듯 말했다.

"아마 가출 준비를 했을 거예요." 준키가 추리한 바를 말했다. "양아버지가 그렇게 말했어요."

"그 사람이랑도 만났구나. …하긴 그랬겠다."

미네는 타카기 테츠야도 아는 모양이다. 미간에 잡힌 주름이 더 깊어졌다. 아들을 멀리하던 타카기 테츠야의 모습이 떠올랐는지도 모른다.

역에 도착해 준키가 차에서 내렸다. 고마움의 표시로 재차 고개를 숙이자, 미네는 조수석 창문을 열며 따뜻한 표정을 지었다.

"아쉬워? 가장 유력한 후보이던 나한테 대단한 정보를 얻지 못해서?"

"솔직히 그렇죠." 준키는 고개를 끄덕였다. "켄스케가 어디 있는지 알고 싶었는데, 미네 씨도 모른다고 하니까요."

미네는 "미안하다."라고 사과하더니, 뒷좌석에 놓아둔 가방에서 작은 상자를 꺼내 내밀었다. 상자에는 미네가 일하는 패밀리 레스토랑 로고가 박혀 있었다. 미네가 "기한이 오늘까지인 과일이야."라고 설명했다.

준키가 다시 고마움을 표하려고 하자, 미네가 말을 가로막았다.

"그런데, 준키. 얘기를 듣고 보니 난 네가 모르는 게 더 이상하다."

"그게 무슨 말이에요?"

"켄스케를 찾을 단서가 가장 많은 사람은 너 아니야? 얼마 전까지 같이 살았다며?"

준키는 모든 것을 밝히고 단서가 없다고 이야기하고 싶었지만, 말을 삼켰다.

미네는 카리스마 넘치는 눈빛으로 준키를 바라보았다.

의미심장한 질문이었다. 비난 같기도, 조언 같기도 했다.

준키가 그 의도를 몰라 고민하는데, 미네가 먼저 시선을 돌렸다.

"…방금 그 말은 내가 주제넘었다. 아무튼 내가 아는 한 지금까지는 그 녀석을 구한 사람도, 구할 수 있는 사람도 없었어. 그 녀석이 곤란한 상황에 놓인 거라면 네가 구해 줘."

조수석 창문이 끝까지 올라가자, 미네는 준키를 돌아보지 않고 액셀을 밟았다. 미네의 차는 깊은 밤거리를 뚫고 교차로에서 모퉁이를 돌아 사라졌다.

타카기 켄스케를 구할 수 있는 사람은 없었다.

그 말이 준키의 귓가에 맴돌았다.

그날 준키는 저렴한 비즈니스호텔에서 묵었다.

신발을 벗어 던지고 침대에 대자로 누웠다. 스프링이 삐걱거리는 소리를 들으며, 역시 호텔은 다르다는 것을 절절히 느꼈다.

역 앞에는 24시간 영업하는 패스트푸드점과 PC방도 있었다. 일용직 노동을 하던 시절에 자주 그런 곳에서 잠을 청하던 준키는 오랜만에 그렇게 자는 것도 나쁘지 않겠다고 생각하다가 생각을 고쳐먹었다. 그렇게 건강을 과신하다가 허리를 다쳤다는 사실을 떠올렸다. 무릎을 굽힌 채로 자면 허리에 무리가 간다.

준키는 발 뻗고 자는 기쁨을 새삼스레 통감했다.

호텔에 타카기 켄스케의 학생증을 제시하자 학생 할인을 받았다. 이것도 신분을 도용한 범죄에 해당할까. 실제로 대학교에 다니는 사람은 준키인데.

"켄스케가 체포되면 이런 생활도 끝인가."

준키는 호텔 천장을 올려다보며 혼자 중얼거렸다.

켄스케의 이름을 쓸 수 없게 되면, 다시 최악의 일상으로 돌아가야 한다. 허리는 거의 완치되었고 자격증을 딸수 있을 만큼 교양도 쌓았다. 전보다는 훨씬 나은 상황이지만, 집과 직장을 구해야 한다. 그 사이에 다시 허리를 다칠 가능성도 있다. 게다가 그런 미래마저도, 준키가 체포되지 않는다는 낙관적인 전제하에서나 상상해볼 수 있다.

타카기 켄스케와 타테이 준키는 운명 공동체이다.

둘이 한 몸인 분신이다.

이미 각오는 했다. 이제 와서 경찰에 울고불고 매달려도 무죄로 끝나지는 않을 것이다.

하지만 준키에게는 타카기 켄스케를 찾을 방도가 없었다. 타카기 켄스케는 베일에 싸인 인물이라 그와 가장 친했던 미네 소우이치조차 아는 것이 거의 없었다.

준키가 알게 된 것은 타카기 켄스케가 '무호적 아동'이었을지도 모른다는 가능성뿐….

그러고 보니, 하며 준키는 스마트폰을 꺼냈다.

전자책 애플리케이션을 켰다. 시오미 하루의 소설은 전자책으로도 발간되었다.

시오미 하루의 데뷔작에 이런 글이 나온다.

'나는 어릴 적, 집 창문으로 보이는 책가방들에 이름을 붙였다. 책가방에 난 흠집은 재미있다. 빨간 줄무늬, 컵라면 뚜껑, 고양이 발톱, 삶은 달걀. 하지만 나는 그 흠집이 어떤 식으로 생겨나는지, 그 과정을 볼 수 없었다.'

이 주인공이 어떤 상황에 놓였는지는 마지막까지 드러나지 않는다. 묘사를 보고 그저 학교를 거부하는 아이인 줄 알았는데, 지금 읽어 보니 무호적 아동인 것 같다. 아이가 단순히 등교를 거부하는 상황이었다면 자기 책가방을 갖고 있을 터였다. 만약 준키가 그런 주제로 글을 쓴다면, 창밖으로 보이는 흠집투성이의 책가방과 자신의 깨끗한 책가방을 비교하는 묘사를 넣었을 것이다.

준키가 침대에서 스마트폰을 들여다보는데, 메시지가 왔다.

켄스케인가 싶어 순간 심장이 뛰었다.

하지만 모르는 번호로 온 메시지였다.

발신자는 '아무개'.

네이밍 센스가 왜 이래? 준키는 웃음을 흘렸다.

수상쩍은 만남 사이트 광고이겠거니 하며 메시지를 확인했다.

'과거를 쫓지 마. 말을 듣지 않으면 살인마의 손에 죽는다.'

그런 짧은 문장이 적혀 있었다.

등골이 오싹했다.

누군가가 준키의 심장을 움켜쥔 것처럼 기괴한 감각을 느꼈다.

몸을 일으켜 스마트폰 화면을 들여다보았다.

"살인마…?"

잘못 온 건가, 라고 생각하다가 곧 고개를 흔들었다. 켄스케의 과거를 쫓는 와중에 도착한 메시지이다. 준키에게 온 것이 틀림없다.

그런데 대체 누가?

무엇 때문에?

장난일 가능성이 크지만, 어쨌든 불길한 메시지였다.

"쫓고 싶어도 애초에 쫓을 방법이 없다고." 준키는 스마트폰을 머리맡에 두었다.

아니다. 쫓을 방법이 있으니까 이런 메시지를 보낸 것 아닌가.

노트를 다시 살펴보았다. 협박은 기분 나쁘지만, 이렇게 막연한 경고를 받았다고 해서 조사를 멈출 상황은 아니었다.

준키는 객실에 준비된 커피를 타고 책상 위에 앉아서 의자에 발을 올렸다. 한숨 돌린 뒤에 다시 켄스케의 양부와 농장에게 들은 정보를 꼼꼼히 살펴보았다.

"어…?"

문득 깨달았다.

그들과 대화하는 동안에는 몰랐지만, 정보를 정리하니 보이는 것이 있었다.

"시간 순서가 이상해."

볼펜으로 도표를 그려 갔다.

"화재로 아버지를 잃고 양아버지에게 입양됐을 때가 열한 살. 그런데 켄스케와 미네 씨가 초등학교에서 만났을 때는 아홉 살…"

볼펜을 움직이던 손이 멈추었다.

"그럼 켄스케는 언제 호적을 얻은 거지?"

초등학교에 다닌 것으로 보아 켄스케는 아홉 살 때 이미 호적이 있었다. 그 이후에 친부가 죽고 타카기 테츠야에게 입양된 것일까. 아니, 애초에 화재는 언제 일어난 것일까.

'혹시 켄스케도 화재 현장에 있었나요?'

'…맞습니다. 우연히도 화재 현장에 있었어요.'

타카기 테츠야가 화재 이야기를 하다가 보인 한순간의 망설임이 준키의 머릿속을 스쳐 지나갔다.

켄스케를 덮친 화재가 묘하게 신경 쓰였다.

다음 날 아침, 준키는 관공서에 가서 타카기 켄스케의 호적초본을 뗐다.

현 거주지에 있는 관공서에서 발행되는 주민등록표와 달리 호적초본은 본적지에 있는 관공서에서 뗄 수 있다. 준키는 곧바로 켄스케의 호적을 확인했다.

켄스케의 출생일과 출생신고일 사이에는 7년이라는 간극이 있었다.

예상대로 켄스케는 원래 무호적 아동이었다.

일곱 살이 되어서야 호적을 얻은 모양이다.

출생 당시 부모의 이름은 '타나베 유우'와 '타나베 키요미'였다.

준키는 도서관에 가서 신문기사 일괄 검색 서비스를 이용했다. 부모의 이름을 넣어 정보를 검색했다. 어머니 '타나베 키요미'에 해당하는 검색 결과는 없었다. 아버지 '타나베 유우'로 검색하자, 옛날 사건 하나가 나왔다.

지역신문에 실린 기사였다.

그 화재가 일어난 때는 15년 전.

11월 8일. 다세대주택 한 가구에서 불이 나 건물이 반쯤 타 버렸다. 희생자는 타카기 켄스케의 친부, 타나베 유우뿐이었다. 그는 혼수상태로 병원에 실려 갔지만, 곧 사망했다. 일산화탄소 중독이었다. 화재 당시 어린이 한 명이 타나베 유우와 같은 방에 있었으나, 무사히 구조되었다. 화재의 원인은 조사 중이라고 적혀 있었다.

의외였다. 예상보다 훨씬 오래된 사건이었다.

화재가 일어난 뒤, 켄스케는 무려 4년 동안 친모와 함께 살았다.

'그 애는 화재로 아빠를 잃었습니다. 그 애 엄마가 혼자서는 못 키운다고 해서 아동상담소에서 제게 연락을 줬습니다.'

하지만 타카기 테츠야는 그 시간순을 명확하게 설명하지 않았다. 화재가 발생하자마자 켄스케를 입양했다는 듯이 말했다.

왜 화재가 언제 일어났는지 말하지 않았을까.

내가 너무 과민한 것일까. 아니면 그가 무언가를 숨기려고 한 것일까.

준키는 호적초본을 다시 보다가 어떤 사실을 깨닫고는,

누군가가 심장을 움켜쥔 것처럼 큰 충격을 받았다.

타카기 켄스케가 호적을 손에 넣은 날은 아버지가 화재로 돌아가신 지 겨우 닷새가 지난 날이었다.

그 건물은 켄스케의 본가에서 멀지 않은 주택가에 있었다.

당장이라도 무너질 것 같은 목조 건물이었다. 건물 외벽조차 칠하지 않아서 검은 나뭇결이 그대로 드러나 보였다. 외벽이 이웃한 아파트 정원에서 뻗어 나온 떡갈나무 가지에 짓눌려 찌부러질 것만 같았다. 벽면에 빗물관이 달려 있었지만, 금이 갔는지 오늘 아침 내린 빗물이 파이프 사이로 흘러내렸다. 건물 맞은편에는 3층짜리 주택이 있었고, 그 주택의 붉은 삼각 지붕이 햇빛을 가렸다.

준키는 거기서 미네에게 전화를 걸었다. 근무시간이 아닌지 그는 금방 전화를 받았다.

"지금 미네 씨가 알려준 켄스케의 집에 도착했어요."

미네는 "오, 그래?"라고 반응했다. "엉망이지?"

준키는 그렇다고 했다.

준키 앞에 있는 건물은 타카기 켄스케가 아홉 살쯤에 살던 집이다.

그는 타카기 테츠야에게 입양되기 전까지, 도저히 깨끗

하다고 할 수 없는 이 집에서 살았을 것이다.

"안에 들어가 보지는 못했지만." 미네가 말했다. "어머니랑 사이가 나쁘다면서 켄스케가 못 들어가게 했거든."

준키는 건물 외관을 보며 실내가 어떨지 상상해 보았다.

시오미 하루의 소설을 떠올렸다. 첫 번째 작품의 한 구절이다.

'엄마는 물건 버리기를 무서워했다. 집에는 물건이 넘쳐났다. 나무젓가락, 일회용 도시락, 컵라면 용기, 뜯어진 레토르트 파우치. 엄마가 내게 주신 첫 가르침은 집 안에서 양말을 신지 않고 돌아다니면 위험하다는 것이었다.

이틀에 한 번, 누군가가 문을 두드렸다. 고함치는 소리와 혀를 차는 소리. 나는 빈 카레 상자를 찢어 로봇을 만들면서 아무것도 못 들은 척했다.'

그때 준키의 등 뒤에서 즐겁게 떠드는 아이들의 목소리가 들려왔다. 책가방을 멘 소년과 소녀. 소년은 우산을 휘휘 돌리다가 소녀에게 혼이 났다. 남색 책가방 문이 열려 있어 소년이 몸을 흔들 때마다 가방 속 물건이 빠져나올 것 같았다.

준키는 목조주택으로 눈을 돌렸다. 검게 그을린 창문이 보였다.

"미네 씨, 무호적 아동에 대해 한 번만 더 얘기해 주시겠어요?"

"뭐?"

"가정폭력을 당했거나 다른 남자와 사랑에 빠져서 엄마가 출생 신고를 하지 않는 사례가 대부분이라고 했죠?"

미네는 의아한 목소리로 "맞아. 하지만 켄스케의 상황도 그랬을 거라고 단정 지을 순 없어."라고 충고했다.

아니. 단정 지을 수 있다.

준키는 속으로 반박했다.

타카기 켄스케에게 호적이 없던 이유는 분명 아버지 때문이다. 왜냐하면 타카기 켄스케는 아버지가 화재로 사망한 직후에 호적을 얻었으니까. 걸림돌이 사라져 호적을 손에 넣었다고 보면 자연스럽다.

그런데 이상하다.

있을 수 없는 모순이 일어났다.

"미네 씨는," 준키가 마른침을 삼켰다. "호적이 없던 시절에 종종 친아버지를 만났나요?"

미네는 "만날 리가 없잖아." 하며 화를 냈다.

물을 필요도 없이 당연했다.

애초에 친부와 관계를 끊기 위해서 출생 신고를 하지 않았으니 말이다. 친부와 아무렇지 않게 만날 수 있을 만큼 사이가 원만했다면 무호적 아동이 될 리가 없었다.

모순이 생겼다.

그렇다면 타카기 켄스케는 화재에 휘말렸을 리가 없다.

타카기 켄스케가 아버지를 피해 도망 다니는 상황이었다면, 그가 친부의 집에 있는 것은 부자연스럽다. 그는 어머니와 함께 이 낡은 집에서 몸을 숨기고 살았다. 타카기 테츠야 역시 당시의 그들은 따로 살았다고 말했다.

그런데 타카기 켄스케는 아버지를 만났다.

그날 화재로 걸림돌이던 아버지가 사망했고, 그 직후에 타카기 켄스케는 호적을 얻었다.

"왜 그래?" 미네가 걱정스럽게 물었다. "아까부터 목소리가 떨리는 것 같은데?"

준키는 질문에 대답하지 않고, 앞에 있는 목조주택으로 다가갔다.

늘어선 우편함이 모두 가득 차 있었다. 안을 슬쩍 들여다보자, 전기세와 수도세 미납통지서가 바로 눈에 들어왔다. 간간이 대출금 독촉장도 있었다. 거의 모든 호실에 독촉장이 와 있었다. 한 마디로 그런 사람들이 사는 다세대주택인 듯했다.

가정폭력으로부터 도망쳐 나온 모자가 유복하게 살지는 못했을 것이다.

준키도 경험으로 안다. 세대주와의 관계가 끊어지지 않

는 한, 국가의 지원을 받기도 힘들었을 것이다.

그런 삶 속에서 타카기 켄스케는 어떤 결단을 했을까.

친부와의 관계를 끊어내려면 어떻게 해야 하는지 생각했을까.

'하루만이라도 좋아요. 제 생일을 축하해 주세요.'

타카기 켄스케는 시오미 하루의 작품 주인공처럼 친부를 찾아갔을까. 구깃구깃한 5천 엔짜리 지폐를 손에 쥐고, 알코올중독자인 중년 남성의 집으로.

아이의 생일을 축하할 때는 촛불 밝힌 생일 케이크가 필수이다.

남자는 고사리 같은 손에 돈을 쥐고 나타나 아들이라고 말하는 아이를 내치지 않았다. 남자 입장에서는 한 번도 본 적 없는 아들이 멀리서 아빠를 찾아온 상황이었다. 반겨주었을지도 모른다. 케이크를 사서 성냥으로 불을 붙여준 뒤 술을 마시고 잠들었고, 이를 확인한 타카기 켄스케는 몰래 성냥불을 켜서ー.

"아니, 다 상상일 뿐이야…"

준키가 힘없이 중얼거렸다.

화재가 일어났을 때 타카기 켄스케는 일곱 살이었다. 아무리 그래도 너무 어리다.

남는 것은 의혹뿐. 켄스케는 별거 중이던 아버지를 찾아 갔고, 그날 일어난 화재로 아버지가 사망하자 호적을 얻었 다. 그 사실을 토대로 준키가 억측했을 뿐이다. 증거는 어 디에도 없다. 하지만….

준키는 대충 얼버무리며 미네와 통화를 마쳤다.

손으로 얼굴을 감쌌다.

타카기 켄스케는 호적을 얻기 위해 친부를 죽였을지도 모른다.

아마 타카기 테츠야도 준키와 같은 결론에 도달했을 것 이다.

'꺼림칙한 아이였거든요.'

그가 그런 표현을 사용하며 타카기 켄스케와 엮이기를 꺼리는 이유를 알 것 같았다. 불행한 환경에 있었다고는 하나, 어쨌든 사람을 죽였을지도 모를 아이와 함께 사는 긴장감은 엄청났으리라.

켄스케의 친모도 마찬가지였을 것이다. 그녀는 결국 켄 스케를 친척에게 맡겼다. 타카기 테츠야는 그 이유를 밝히 지 않았지만, 켄스케가 '꺼림칙'하기 때문이라고 넌지시 말 했다.

그들은 미네를 비롯한 동창들보다 심도 있게 켄스케가

어떤 사람인지를 이해했는지도 모른다.

"아무도 모르는 다른 얼굴이라…"

살인 의혹이 급격히 짙어졌다. 적어도 지금의 준키는 켄스케가 사람을 죽이지 않았다고 자신 있게 말할 수 없었다.

하지만 여기서 조사를 끝낼 수도 없었다.

"…가야지."

준키는 자신을 타이르며 낡은 다세대주택을 뒤로했다. 다음으로 조사해야 할 것은 이미 정해져 있었다.

아버지를 피해 도망친 어머니는 타카기 켄스케를 낳았지만 출생 신고를 하지 않았다. 켄스케는 무호적 아동으로 자랐고, 아버지가 죽은 뒤에 호적을 얻어서 학교에 다녔다. 열한 살 때 어머니와 헤어져 타카기 테츠야의 양자가 되었다.

《녹슨 날개의 아이들》과 몹시 흡사하다.

아버지가 없는 환경, 좁은 집에서 어머니와 지내는 나날, 주변으로부터 꺼림칙한 아이로 치부되는 상황, 결국 어머니와도 헤어지는 엔딩까지.

이 동네에 와서 알게 된 내용과 소설 속 묘사가 너무나 많이 겹친다. 켄스케는 고향을 작품의 무대로 삼은 데서 그치지 않았다. 자신의 인생을 모델로 삼아 주인공의 처지와 행동까지 전부 그려냈다.

그렇다면 이제 생각해야 할 것은 하나였다.

두 번째 작품 《무의미한 밤으로 여행을 떠나다》에 등장하는 여자아이.

세 번째 작품 《말뚝》의 여주인공.

이 두 작품에 등장하는 소녀에게는 공통점이 많다. 순진무구하고 우유부단하며 머리가 짧고 주인공을 잘 따르는 여자아이. 준키는 세 번째 작품의 초고 단계에서 원고를 수정하자고 여러 번 말했지만, 켄스케는 절대 제안을 받아들이지 않았다. 켄스케는 왜 그렇게 그 여주인공에게 집착했을까?

답은 이미 나왔다.

그 여주인공이 지금의 타카기 켄스케에게도 둘도 없이 소중한 존재이기 때문이다.

시오미 하루, 그러니까 타카기 켄스케의 소설 여주인공에는 실제 모델이 있다.

제
4
장

"그 열정은 어디서 나오는 거야?"

분신 생활을 시작한 지 1년이 지났을 즈음이었다.

준키가 그런 질문을 던졌다.

켄스케는 부엌 냉장고에서 냉동 파스타를 꺼내 내열 용기에 담았다. 용기를 전자레인지에 넣고 버튼을 눌렀다.

벽에 걸린 디지털 시계는 밤 열 시를 가리켰다. 켄스케는 그제야 저녁을 먹으려 하는 참이었다.

준키가 집에 돌아온 저녁때부터 이 시간까지 켄스케는 쉬지도 않고 방에 틀어박혀 있었다. 눈이 충혈되어 조금 벌겠다. 빈말로도 낯빛이 좋다는 말은 못 할 얼굴이었다.

켄스케는 기존 작품을 손보느라 무척 바빴다. 단행본으로 출간된 시오미 하루의 두 번째 작품《무의미한 밤으로 여행을 떠나다》가 문고판으로도 나오게 됐기 때문이다. 켄스케는 한 문장 한 문장에 마음을 담듯 시간을 들이고 또 들였다.

"네가 소설을 쓰는 이유는 뭐야? 어떻게 그런 열정을 유지해?"

평범한 사람인 준키가 당연히 품을 만한 의문이었다.

켄스케는 좀처럼 대답하지 않았다. 대신 준키를 물끄러미 바라보았다.

"혹시…"

"응?"

"너도 소설 써?"

순식간에 간파당했다. 숨길 생각이었는데.

준키는 코끝을 긁적이며 쑥스러움을 참았다.

"그냥 도전만 해보는 거야. 난 글에 대해서 아무것도 몰라."

"좋다. 다음에 보여줘." 켄스케는 살짝 온화한 표정을 지었다. 웃은 것일까.

당황한 준키는 얼굴 앞으로 손을 내저었다.

"안 돼, 안 돼. 일단 시작은 했는데 끝이 안 보여."

"쓰다가 중간에 지쳐?"

"응. 그래서 이유가 있으면 계속 써질까 하고…."

처음 글을 쓰기 시작했을 때는 걸작을 써낼 자신이 있었다.

준키는 켄스케의 영향을 받아 책 읽는 습관이 몸에 배었다. 켄스케의 소설을 수정할 때도 많은 의견을 낼 수 있게 되었고, 소설에 쓸 만한 소재를 모으는 버릇도 생겼다.

그래, 시오미 하루처럼.

하지만 막상 글을 써보니 자만했다는 것을 깨달았다. 하루를 꼬박 들여 쓴 결과는 어디서 많이 본 것 같은 A4용지 세 장 분량의 글이었다. 불타던 열정마저 식어버릴 것 같았다. 그 시간에 아르바이트를 했으면 만 엔은 벌었겠다는 생각이 들어 한숨이 나왔다.

"내가 소설을 쓰는 이유?" 켄스케는 둔탁한 소리를 내며 돌아가는 전자레인지를 바라보았다. "돈이려나?"

의외로 세속적인 이유였다.

켄스케는 덧붙이듯 "적어도 처음에는 그랬어."라고 말했다.

"그럼 지금은?"

"별로 재미있는 이유는 아니야. 남한테 얘기할 만한 것도 아니고."

켄스케는 오른손을 가볍게 내저었다.

"그래도 듣고 싶어." 준키는 바닥에 발을 딱 붙이고 거실 의자에 똑바로 앉았다.

켄스케가 깊이 고개를 끄덕였다. 전자레인지 앞에서 냉장고 쪽으로 이동해 채소 주스를 꺼냈다.

"말이 길어질수록 거짓말처럼 들리는 법이니까 짧게 말하자면, 발버둥인 것 같아. 비록 세상에서 잊힌다고 해도 우리의 영혼은 존재해. 그래서 호소하고 싶어. 외치고 싶어. 지금의 내게는 역부족이지만, 언젠가 사람의 마음을 깊이 파고들어서 행동까지 바꿔버릴 만큼 격렬한 감정을 작품에 담아 전하고 싶어."

켄스케가 말했다.

"—우리가 여기에 있다고."

그 말과 동시에 전자레인지 소리가 울렸다. 켄스케는 내열 용기를 들고 자기 방으로 갔다. 밥을 먹으면서 계속 글을 쓰려나 보다. 준키는 그 열정을 방해할 수 없어 더 깊이 파고들지 않았다.

그때 준키는 '우리'를 추상적인 지시어라고 생각했다. '우리 젊은이들', '우리 소설가들', '우리 인간들'처럼 넓은 개념을 가리키는 말인 줄 알았다.

나중에 돌이켜보다가 그런 생각이 들었다. 아닐지도 모른다고.

켄스케와 한 소녀를 가리키는 말이었을 것이다.

타카기 켄스케는 한 소녀와의 추억을 이야기하기 위해 소설을 썼을지도 모른다.

★

스마트폰 벨소리가 준키를 깨웠다.

익숙하지 않은 천장을 보며, 어젯밤 비즈니스호텔에서 잠든 사실을 새삼 떠올렸다. 얼굴을 손으로 비비고는 머리맡에 놓아둔 스마트폰을 보았다.

모르는 전화번호. 누구일까.

이리저리 생각하는 사이에 전화가 끊겼다. 부재중 전화 알림 메시지는 오지 않았다.

켄스케인가. 그렇게 기대하던 마음은 지난 닷새 동안 몇 번이고 실망으로 바뀌었다.

화장실로 향했다. 어제저녁에 체크인한 이 호텔은 전날 묵은 곳보다 약간 저렴했지만, 시설은 나쁘지 않았다.

세수를 마치고, 여웃돈으로 산 시리얼바를 먹었다. 열심히 견과류를 씹어먹다 보니 점점 머리가 돌아가기 시작했다.

조금 전 전화를 건 사람은 누구였을까. 인터넷으로 번호를 검색해 볼까 생각하는데, 또 벨소리가 울리기 시작했다.

"여보세요?" 이번에는 전화를 받았다.

"네, 타카기 켄스케 씨죠?"

낮고 위압적인 목소리. 어디서 들은 적이 있는데, 누구의 목소리인지 떠오르지 않았다.

준키가 턱에 손을 대며 "네. 타카기 켄스케인데요."라고 대답했다.

"강력계 형사인—"

상대가 이름을 말하자, 그제야 중년 형사의 얼굴이 떠올랐다.

준키는 일어선 채로 통화를 이어갔다.

"사흘만이군요. 켄스케 씨, 죄송합니다만 또 여쭤보고 싶
은 게 있는데 경찰서로 와 주시겠습니까?"

통화할 때는 존댓말을 사용하는 편인가 보다.

준키는 상대에게 들리지 않도록 조용히 심호흡했다.

"…경찰서에서 무슨 얘기를 해야 하죠?"

"그건 서에서 설명하겠습니다."

"제 알리바이가 증명되지 않았나요?"

"그것도 서에서요."

"알겠습니다…."

새로운 증거가 나왔나. 준키는 마른침을 삼켰다. 이제는
정말 체포될지도 모른다.

아…, 라고 맥 빠진 소리를 냈다.

"지금 잠깐 여행 중이거든요. 당장은 힘들어요…."

형사의 목소리가 날카로워졌다. "여행 중이요? 어디로
요?"

"예전에 알고 지내던 사람을 만나러 왔어요. 원래부터
그럴 예정이었어요."

준키는 밝은 목소리를 내려고 애썼다.

증거를 인멸하기 위해 시간을 번다는 오해를 사면 최악

이다.

"…소설 취재, 입니까?"

형사가 낮은 목소리로 물었다.

고맙게도 상상력을 발휘해 준 모양이다.

"네, 그런 셈이죠." 준키는 그런 걸로 치고 넘어갔다.

"본가가 카나가와였죠?"

"네."

"그럼 본가에서 머무십니까?"

"아뇨. 오늘은 비즈니스호텔에 방을 잡았습니다."

"혹시 모르니 어느 호텔인지 알려 주시겠습니까?"

첫째 날과 둘째 날에 묵은 호텔 주소를 알려주었다. 타카기 켄스케의 신분증을 제시하고 잡은 호텔이다. 오류는 없다.

"내일 아침에는 경찰서에 갈 수 있을 겁니다. 그렇게 해도 될까요?"

"알겠습니다. 기다리겠습니다."

이상하다. 준키는 대답하면서 어렴풋이 이상함을 느꼈다.

형사는 지난번까지 피의자로 취급하던 준키의 요구를 너무 쉽게 받아들였다.

"지난번에 이야기한 것 말고는 아는 게 없는데 괜찮은가요?"

"네. 본인은 자각 없이 얘기한 정보가 의외로 사건 해결의 실마리가 될 때도 있거든요."

준키는 고개를 옆으로 흔들며 침대에 앉았다.

간단하게 끝나지는 않을 것이다.

"너무 그렇게 긴장하실 필요 없습니다." 형사가 말했다. "취재 여행을 방해해서 죄송합니다. 편하게 시간 보내세요."

"네. 감사합니다."

"지금 취재하시는 내용은 어떤 거죠?"

"저의 기원을 되짚어 보려고요."

준키는 자질구레한 내용까지 시시콜콜 캐묻는 형사의 태도에 혀를 내둘렀다. 선량한 시민인 척해야 한다는 것을 알면서도, 그가 이렇게까지 파고드니 슬슬 화가 났다.

"기원, 좋네요." 형사가 감탄하듯 말했다. "그럼 이제 옛 친구나 전 여자친구를 만나러 가는 겁니까?"

"거기까지 말씀드릴 의무는 없습니다."

준키는 짧게 말하고 전화를 끊었다.

통화가 종료됐음을 확인하고는 혼자서 빈정거렸다.

"전 여자친구를 만나러 가냐고? 나야말로 궁금하다."

형사와 통화를 마친 준키는 약속 장소로 향했다. 경찰의 움직임이 신경 쓰였지만 손쓸 방법이 없었다.

준키는 켄스케가 정말로 사람을 죽였는지, 켄스케가 지금 어디에서 무얼 하는지 전혀 모르기 때문에 증거를 인멸할 수도 없었다.

준키가 다음으로 찾아간 지역은 켄스케의 본가와 같은 시내에 있었다. 항구와 더 가까운 곳이었다. 전철에서 내리자 바다 내음이 났다. 역에 붙은 포스터를 보니, 이곳은 공장 야경 마니아들이 좋아하는 지역인 것 같았다. 눈부시게 빛나는 성 같은 공장 사진이 눈에 띄었다.

지도 애플리케이션을 확인하니, 약속 장소까지는 걸어가야 했다. 이곳 지리에 어두운 준키는 상대가 장소를 지정해줘서 다행이라고 생각했지만, 거기까지 가는 경로는 복잡했다. 좁은 길을 몇 번이고 꺾어야 했다. 게다가 걸음을 옮기다 보니 울창한 숲을 가로지르는 비탈길이 나타났다. 바닷가에 늘어선 공장들로부터 도망치듯 언덕을 올랐다.

3월치고는 포근한 날씨를 느끼며, 길을 뒤덮을 듯 우거진 나무 사이를 걸었다. 준키는 다리를 움직이면서 여기까지 오게 된 과정을 곱씹었다.

시오미 하루의 소설에 등장하는 소녀, 이른바 '여주인

공'.

시오미 하루의 두 번째 작품과 세 번째 작품을 다시 읽으며 그녀에 관한 서술을 찾았다. 하지만 읽고 또 읽어도 자세한 정보를 얻을 수는 없었다. 소설 속에는 주인공과 그녀의 대화만 묘사되었고, 그녀가 어떤 배경을 가진 인물인지 알 수 있는 구절은 극히 적었다.

말과 행동이 어린 것으로 보아 켄스케보다는 연하일 것이다. 초등학교와 중학교가 같은 건물을 사용한다고 했으니 켄스케가 말한 것처럼 시골에서 살았을 가능성이 크다. 아버지에 대한 묘사가 없는 것을 보면, 한부모 가정에서 자랐을지도 모른다. 그리고 켄스케와 함께 가출했다. ─추측할 수 있는 내용은 그게 전부였다.

미네에게 연락해 그런 사람을 아냐고 물어보았지만, 그도 모른다고 했다. 학교 밖에서 만났거나, 어쩌면 켄스케가 중학교를 졸업한 후에 만났을지도 모른다.

'여주인공'은 대체 누구일까.

켄스케가 사라진 지금 상황과 관련이 있을까.

그녀야말로 켄스케가 지금 어디 있는지 아는 유일한 사람이 아닐까.

궁금한 점은 끝도 없이 많았지만, 애석하게도 의지할 인맥이 없었다.

도박을 해보기로 했다.

준키에게 의문의 경고문을 보낸 협박범에게 답장을 보냈다.

'조사를 멈출 생각은 없다. 오히려 내가 조사를 하면 곤란해지는 사람이 있다는 걸 알았으니 더 열의가 생기는 것 같군. 불만이 있으면 직접 얼굴 보고 얘기하든가.'

일부러 도발하는 말투를 사용했다. 상대는 협박문이나 보내는 녀석이니 의외로 생각이 단순할 것이라 짐작했다.

예상대로 답장이 왔다.

'내일, 지정한 장소로 와라.'

위험한 냄새가 났지만, 다른 방법이 없는 준키는 그 말을 따를 수밖에 없었다.

여기까지 오게 된 과정을 회상하며 걷다 보니 나무로 둘러싸인 비탈길도 어느새 끝이 보였다. 언덕 꼭대기에 도착했다. 시야가 탁 트였다. 갑자기 콘크리트로 덮인 평평한 땅이 나왔다. 주차장인 듯했다.

주차장 한쪽에는 그림책에 나올 것 같은 서양식 첨탑이 서 있었다. 전망대인 모양이다.

준키가 뒤를 돌아보니 푸르게 펼쳐진 바다와 줄줄이 늘어선 공장이 보였다. 역에 붙어 있던 사진은 아무래도 여기에서 찍은 것 같다.

준키는 약속 시간에 딱 맞춰 도착했지만, 상대는 보이지 않았다.

역시 장난이었나.

그 뒤로 20분쯤 기다려도 오는 사람이 없었다. 메시지를 보내도 묵묵부답이었다.

큰 기대는 없었지만, 막상 이렇게 되니 역시나 힘이 쭉 빠졌다.

이제 정말 단서가 하나도 없다.

다시 비탈길을 내려가며 이제 어떻게 해야 할지 고민했다.

왔을 때와 똑같은 길을 지났다. 상록수가 우거진 좁은 비탈길이었다. 앞이 잘 보이지 않았고 낮인데도 어둑어둑했다. 평일이라 그런지 준키 말고는 아무도 없었다.

길을 반쯤 되돌아갔을 때였다.

나무 그늘에서 누군가가 튀어나왔다.

준키는 반응하지 못했다. 누군가가 준키의 목에 팔을 걸어 길옆으로 끌고 갔다. 준키는 다리에 힘을 주어 버텨보려고 했지만, 잡초로 덮인 길이 습기를 머금은 탓에 신발이 미끄러졌다. 소리를 지르는 선택지가 떠올랐을 때는 이미 길 밖에서 커터칼로 위협을 당하는 중이었다.

"타카기 켄스케를 쫓지 마. 알았어?"

남자 목소리.

준키가 고개를 돌리니 마스크를 낀 남자가 보였다. 얼굴을 반쯤 가렸지만, 젊은 남자 같은 느낌이 났다. 팔은 가늘었다. 키는 준키보다 머리 하나만큼 작았다. 폭력을 행사하는 데에 익숙하지 않은 것 같았다.

상대가 바로 칼을 휘두르지는 않으리라는 생각이 들자, 준키는 냉정함을 되찾았다.

"협박문을 보낸 사람이 너야?"

남자는 말이 없었다.

다시 물었다.

"너, 켄스케와 아는 사이야?"

"입 다물어." 남자가 준키의 목에 커터칼을 들이밀었다.

"…그럼 마지막으로 하나만 묻자."

준키가 언덕 위로 시선을 던졌다.

"저기에 있는 사람은 네 일행인가?"

"어?"

목격자가 있다고 생각했는지 남자가 얼빠진 목소리를 흘렸다.

준키가 그 틈을 타서 커터칼을 쥔 남자의 손을 양팔로 붙들고 다리를 걸어 넘어뜨렸다. 업어치기도 아닌 것이 어중간하고 조잡한 기술이었지만, 남자를 쓰러뜨리기에는 충분했다.

남자는 땅에 허리를 부딪치면서 커터칼을 놓쳤다.

준키는 잽싸게 커터칼을 주웠다. 그리고 자신을 습격한 사람이 누구인지 확인했다.

앳된 얼굴과 짧은 스포츠머리가 먼저 눈에 들어왔고, 그 뒤에 위아래로 입은 싼 티 나는 검은색 운동복이 보였다.

의외였다.

거기에 있는 사람은 어느 모로 보아도 아직 성년이 되지 않은 소년이었다.

소년의 이름은 미노시마 신지. 중학교 3학년이었다.

준키는 경찰에 신고하겠다고 으르며 학생증을 받아 내고 그를 역 앞까지 끌고 갔다. 그 주변에 앉을 만한 곳이 있는지 묻자, 미노시마는 점포 앞에 의자가 늘어선 마트를 가리켰다. 매장 안에 식사 공간이 있는 듯했다. 앞으로 나눌 이야기와 어울리지 않게 어수선한 장소였지만, 근처에 달리 갈 곳이 없었다.

준키는 마트 안에서 음료수 두 개를 구매해 카운터석에 앉았다.

조금 전에 보여주던 위압적인 태도는 어디로 갔는지, 미노시마는 선생님에게 혼나는 아이처럼 몸을 움츠렸다. 그리고 준키의 지시에 순순히 따랐다.

학교에는 알리지 말아 달라고 부탁하기에, 준키는 솔직하게 털어놓으면 경찰에도 알리지 않겠다고 대답했다.

경찰이라는 단어가 나오자, 미노시마는 순식간에 얼굴이 파래졌다.

"저는 돈 받고 시키는 대로 한 거예요." 미노시마가 쩔쩔매며 말했다. "전 자세한 건 몰랐어요."

"누가 너한테 이런 일을 시켰어?"

"같은 반 애가요."

상황을 이해할 수 없었다.

미노시마는 준키가 당황한 것을 알아차렸는지 눈을 내리깔고 아주 작은 목소리로 "저는 도둑으로 유명해요."라고 설명했다.

미노시마는 집이 그다지 유복하지 않다고 했다. 중학교에 막 입학했을 때부터 조금씩 주변 아이들에게 의심을 받았는데, 현행범으로 잡힌 뒤로는 학교 안에 소문이 파다하게 퍼졌다. 미노시마가 상습 절도범이라는 소문이.

"그래서 애들은 돈만 주면 제가 뭐든 하는 줄 알아요."

준키가 실제로 그렇지 않냐고 꼬집자, 그는 분한지 주먹을 꽉 쥐었다.

준키는 약한 사람을 괴롭히는 기분이 들었다. 성공 보수를 얼마나 받을 예정이었냐고 물으며 화제를 바꾸었다.

미노시마는 패기 없는 목소리로 "5천 엔."이라고 대답했다.

귀를 의심할 정도로 적은 금액이었지만, 미노시마에게는 큰돈일지도 모른다.

"알았어. 그럼 네가 원하는 거 5천 엔어치를 사줄 테니까 네게 이 일을 시킨 사람한테 데려다줘."

넉넉지 않은 지갑 사정이 신경 쓰였지만, 필요 경비라 생각하며 마음을 내려놓았다. 미노시마는 눈을 빛내며 "정말요?"라고 되물었다. 15분 이내로, 라고 덧붙이자, 미노시마는 식품 판매대로 가서 신나게 바구니를 채우기 시작했다.

도시락을 네 개나 담기에, 준키는 조금 더 보존 기간이 긴 음식을 사면 어떠냐고 충고했다. 그러자 미노시마는, 남동생도 있거든요, 하며 멋쩍게 웃었다. 미노시마와 다른 중학교에 다닌다는 동생은 지금 학교 행사 때문에 집에 없다고 했다. 계산할 때 보니 금액이 6천 엔을 넘었지만, 준키는 별말 없이 돈을 냈다.

준키와 미노시마는 커다란 비닐봉지를 하나씩 들고 전망대로 향했다. 다시 비탈길을 올라 언덕 위에 있는 첨탑에 다다랐다.

도착해서야 안 사실이지만, 전망대는 대화를 나누기 딱
좋은 장소였다. 앉아서 풍경을 볼 수 있는 벤치가 놓여 있
었다. 햇볕도 피할 수 있었고 다른 사람이 대화를 엿들을
까 봐 걱정할 필요도 없었다. 바다에서 기분 좋은 해풍이
불어왔다.

벤치에는 소녀가 앉아 있었다.

앳된 얼굴, 위로 올라간 눈매. 생김새가 아주 수수했다.
소박한 회색 파카에 검은 바지를 입어서 더더욱 수수해 보
였다.

그녀의 이름이 이사키 시노라는 것은 이미 미노시마에
게 들었다.

그녀는 준키 뒤에 있는 미노시마를 보더니, "이 사람을
왜 데리고 와?"라고 목소리를 높이며 눈을 동그랗게 떴다.

미노시마는, 미안해, 하며 얼굴 앞으로 양손을 모았다.

준키가 미노시마에게, 이제 가도 돼, 하며 손을 흔들자,
그는 이사키에게 재차 사과한 뒤 양손에 비닐봉지를 들고
사라졌다.

이사키와 둘만 남게 되자, 준키가 그녀 앞에 섰다.

"설마 너처럼 어린 여자애가 사람을 시켜서 남을 해칠
줄이야… 그 협박문을 보낸 것도 너야? 어째서?"

자기도 모르게 따지듯 물었다. 이사키는 어깨를 움츠렸다.

"…부탁을 받았어요." 이사키가 고개를 푹 숙였다. "마이의 남자친구한테."

"너도 부탁받았어? 누구한테?"

"그러니까, 마이의 남자친구요. 저는 마이의 친구예요."

이사키에게 자초지종을 다 들으려면 질문이 길어질 것 같다는 생각을 하며, 준키는 씁쓸한 표정을 지었다.

천천히 시간을 들여 마이의 남자친구가 어떤 사람인지 물었다. 키가 크고, 눈빛은 차갑고, 무표정하고, 이지적인 남자….

이야기를 듣던 준키는 머리를 얻어맞은 듯한 충격을 느꼈다.

"설마 타카기 켄스케?"

그러고 보니 이름이 켄스케였던 것 같다며 이사키는 자신 없는 표정으로 고개를 끄덕였다.

정말 예상 밖이었다. 켄스케가 조사를 멈추라는 메시지를 보내다니. 심지어 직접 보낸 것도 아니고, 어린 여자애를 통해서.

"왜지…?"

"몰라요. 그냥 그저께쯤에 갑자기 제 스마트폰으로 연락이 왔어요. '어떤 남자에게 조사를 멈추라고 경고해줘'라고요."

자세히 들어보니, 어느 날 느닷없이 이사키의 스마트폰에 메시지가 왔다고 한다. 이사키도 당연히 수상하게 여겼지만, 메시지 끝에 적힌 보낸 사람 이름이 친구 요시다 마이의 남자친구 이름이었고, 사례금으로 기프트카드 만 엔까지 함께 와서 부탁을 들어주기로 한 모양이었다. 켄스케는 자초지종을 자세히 설명하지 않았다. 하지만 메시지 내용으로 보아 궁지에 내몰린 것 같았다. 이사키는 친구를 위해 그의 말대로 했다. 그리고 조사를 멈추지 않겠다는 답장을 받자, 반 친구를 고용했다.

거기까지 진상을 파악한 뒤, 준키는 매섭게 몰아붙였다.

"확인차 묻는데, 칼로 협박한 것도 켄스케가 시킨 일이야?"

이사키는 눈동자를 이리저리 굴리더니 무안한 표정으로 아니라고 말했다.

앞뒤 가리지 않고 행동하는 타입인가 보다. 켄스케조차 그녀가 이렇게까지 성실하게 임무를 수행할 줄은 몰랐으리라.

준키는 이사키의 스마트폰에 온 켄스케의 메시지를 확인하며 생각했다.

준키에게 직접 말을 전하지 않고 이사키를 거친 이유는 경찰을 경계해서였을 것이다. 켄스케는 준키가 경찰에 사실을 말하지 않은 지금 상황을 모른다. 준키가 둘만의 비밀을 지키지 않았을 것이라고 생각하는 걸까.

준키가 약간의 서운함을 느끼는데, 이사키가 일어났다.

"저기… 다 얘기했으니까 저는 갈게요. 하여튼 마이의 남자친구가 자기 뒤를 캐지 말라고 했어요."

준키는 당황하며 목소리를 높였다.

"아니, 잠깐. 아직 궁금한 게 있어."

"그만해주세요. 협박한 건 죄송하지만, 저는 원래 관련 없는 사람이잖아요."

준키는 말문이 막혔다.

이사키의 말이 맞다. 그녀는 그저 메신저 역할이다. 준키와 켄스케 문제에 이 이상 엮일 의무는 없다.

이사키는 예의 바르게 허리를 굽히고 돌아섰다. 도망치듯 잰걸음으로 전망대에서 내려갔다. 계단을 밟는 소리가 공허하게 울렸다.

하지만 이대로 가게 둘 수는 없다—.

준키는 몇 초 늦게 생각을 정리하고는 전망대 밖으로 몸을 내밀며 계단 아래에 있는 이사키에게 말했다.

"요시다 마이가 지금 어디 있는지 알아?"

이사키가 걸음을 멈추었다. 놀란 얼굴로 뒤를 돌아보았
다.

준키는 그 반응을 보고 자신의 예상이 적중했음을 확신
했다.

몰아붙이듯 말을 이었다.

"이사키, 혹시 지금 마이를 찾는 거 아니야? 그래서 마
이 때문에 이런 일을 한 거지?"

요시다 마이라는 인물이 누구인지는 모른다. 하지만 이
사키의 말을 들어보면, 켄스케와 가까운 인물임은 분명하
다. '여주인공'일지도 모른다. 만약 요시다 마이가 그 인물
이라면, 그녀는 집을 나와 켄스케와 함께 고향을 떠났을
것이다.

이사키가 목소리를 높였다.

"마이가 어디 있는지 알아요…?"

추리가 들어맞은 모양이다.

이사키의 친구 요시다 마이가 '여주인공'이다.

"나는 켄스케를 쫓고 있어. 마이는 켄스케와 친하지? 내
가 켄스케를 찾아내면 그때 너에게 마이가 어디 있는지 알
려줄게. 어때?"

바다에서 불어온 바람에 지지 않도록 목소리를 키워 말
했다.

이사키는 잠시 입을 굳게 다문 채 말이 없었다. 연신 눈을 깜박이며 깊이 고민하는 것 같았다. 이윽고 고개를 들더니, 다시 전망대로 올라가 "알겠어요."라고 말했다.

이사키는 전망대 끝까지 걸어가 풍경으로 눈을 돌렸다. 한쪽에 모인 하얀 공장들이 거대한 정글짐처럼 보였다. 그 너머에 짙은 푸른빛 바다가 펼쳐져 있었다.

준키는 그녀 옆에 서서 요시다 마이의 사진을 보여달라고 했다. 이사키는 흔쾌히 스마트폰에 사진을 띄웠다. 초등학교 교문 앞에서 이사키와 한 소녀가 손가락으로 브이를 그리고 있었다. 시오미 하루의 소설에 나오는 것처럼 짧은 머리에 앞니가 빠진 앳된 여자아이. 역시 요시다 마이가 '여주인공'이 틀림없다.

준키가 스마트폰을 돌려주자, 이사키가 입을 열었다.

"…저랑 마이는 보육원에서 자랐어요. 저는 아주 어릴 때부터 보육원에서 지냈고, 마이는 초등학교 5학년 때 들어와서 그때 만났어요."

요시다 마이는 보육원에 들어가기 전, 심각한 병을 앓았다는 모양이다. 사회 부적응자 같은 면이 있어서, 같은 학년인 이사키가 항상 곁에서 돌봐주었다. 요시다 마이는 집 밖으로 나갈 수 없는 환경에서 자란 탓에 주변에서 일어나는 모든 일에 예민하게 반응했다. 그 모습이 강하게 이사키의 관심을 끌었다. 처음에 이사키는 귀찮은 일을 떠맡게 되어 불만스러웠는데, 자기도 모르는 사이에 서서히 마이와 친해졌다.

"근데 어떤 병이었어? 꽤 중병이었나 본데."

"글쎄요." 이사키가 애매하게 대답했다. "적어도 제 앞에서는 아파 보이지 않았어요. 완치된 거 아닐까요? 마이도 병에 관해서는 아무것도 안 가르쳐줬어요."

태어나자마자 집에서 요양할 만큼 아프다가 성장하면서 자연스럽게 사라지는 병.

떠오르는 병으로는 천식이 있었지만, 그렇다면 후유증이 조금이라도 남지 않았을까.

어차피 전문가가 아니고서는 답을 알 수 없을 테니 고민해 봤자였다. 준키는 계속 이야기하라고 이사키를 재촉했다.

이사키가 다시 말을 이어나갔다.

그녀와 요시다 마이의 우정은 두터웠다. 하지만 딱 한 가지 분쟁거리가 있었다.

요시다 마이에게는 친하게 지내는 남자가 있었다.

"잘생긴 연상 남자랑 종종 어딜 가는 것 같았어요. 마이가 아플 때 옆에 있어 준 남자친구라는 것 같았는데, 솔직히 믿을 수 없었어요."

이사키는 그 이유를 조심스럽게 가르쳐주었다.

"마이는 남자를 엄청 어려워해서 남자랑 있으면 아무 말도 못 했거든요…."

이사키는 반신반의했지만, 데이트 현장을 목격하자 인정할 수밖에 없었다. 요시다 마이가 남자친구 앞에서는 이사키조차 처음 보는 밝은 미소를 지었기 때문이다. 친구를 향한 질투심마저 날려 버릴 만큼 밝은 미소였다.

그 뒤로도 그녀와 마이는 가장 친한 친구로 지냈지만….

"그런데 3년 전… 초등학교 6학년 겨울쯤에 가출해서…."

너무나 갑작스러웠다.

요시다 마이는 얼마 되지 않는 개인 소지품과 함께 자취를 감추었다. 납치나 사고가 의심될 정도로 아무런 전조가 없는 가출이었다. 그렇게 일주일쯤 지나자, 사람들은 마이가 가출해서 그 남자친구의 집으로 갔으려니 했다.

요시다 마이가 아무것도 남기지 않았냐는 질문에 이사키는 난처한 듯 입술을 비죽였다. 없었나 보다.

"굳이 말하자면, 이 손목시계가 있어요."

이사키는 왼쪽 손목에 찬 시계를 보여주었다. 작고 고풍스러운 손목시계.

"이 손목시계를 교실에 두고 갔어요. 아까 본 미노시마가 전해주더라고요. 마이는 보물을 내버려 두고 가출했어요."

"보물?"

"마이는 항상 이 시계를 차고 다녔고, 수업 중에도 자주 만지작거렸거든요. 남자친구한테 받은 선물인 것 같았어요. 마이의 부적 같은 거예요."

남자친구가 요시다 마이에게 준 크리스마스 선물이라고 했다. 그해 크리스마스에 요시다 마이는 이사키와 함께 고른 검은 금속제 볼펜을 선물했다고 한다.

준키는 그 볼펜을 알고 있었다. 타카기 켄스케가 애용하던 필기도구였다.

"그 말을 들어보니 확실히 보물이네."

이사키에게 손목시계를 보여달라고 하자, 그녀가 승낙했다.

어디에나 있을 법한 평범한 시계였다.

시계 뒷면에는 무언가가 새겨져 있었다.

[227221*417465*2361259533]

일련번호 같지는 않았다. 사람이 직접 날카로운 물건으로 새겨 넣은 느낌이었다.

"이 숫자는 뭐야?"

이사키는 모호하게 고개를 가로저었다. 정말 모르는 모양이다.

준키는 나열된 숫자를 가만히 응시했다. 숫자, 사이사이에 끼어 있는 별표. 어디선가 본 적이 있다.

암호를 두고 켄스케와 토론한 적이 있다. 거기서 보았다.

그러니까 이건 켄스케가 새긴 암호일 것이다.

이 손목시계는 켄스케가 마이에게 준 것이다. 그렇다면 켄스케가 마이에게 보낸 메시지일까.

암호 자체는 금방 풀 수 있다.

준키는 일단 암호를 노트에 옮겨 적었다. 그러는 동안 이사키가 중얼거렸다.

"가출한 지 3개월쯤 됐을 때 짧은 편지가 왔어요. '지금 행복하고 켄스케 오빠한테 고맙다'고요. 그러니까 켄스케 씨랑 같이 있을 것 같은데…"

이사키는 시무룩하게 어깨를 축 늘어뜨렸다.

"마이, 여전히 사이좋게 지내려나…?"

준키는 대답할 수 없었다.

하지만 일단 요시다 마이에게 편지가 왔다는 시기와 그 내용을 적었다. 편지는 3년 전 봄에 왔다고 했다. 준키와 켄스케가 함께 살기 1년 전이었다.

─요시다 마이는 켄스케가 어디 있는지 알지도 모른다.

켄스케는 분신 생활을 시작하기 직전까지 그녀와 교류한 모양이지만, 준키는 켄스케와 지낸 2년 동안 요시다 마이를 보지 못했다. 요시다 마이는 켄스케와 마찬가지로 수수께끼 같은 인물이다. 켄스케를 찾는 데 중요한 열쇠가 될 예감이 들었지만, 단서는 여전히 부족했다.

보육원 직원에게 물어볼까.

성인들은 어린 이사키가 모르는 정보를 알지도 모른다.

하지만 준키가 갑자기 찾아가서 예전에 살던 입소자의 개인정보를 달라고 하면 줄까.

준키는 이사키를 돌아보았다.

"이사키, 나를 좀 도와줘."

보육원 '느티나무의 집'은 주택가와 조화롭게 어우러졌다. 언뜻 보면 부자들이 사는 별장 같기도 했다. 새하얀 서양식 건물이었다. 준키는 입간판을 발견하기 전까지 그 건물이 보육원인 것을 알아보지 못해서 그냥 지나칠 뻔했다.

이사키가 시키는 대로 잠시 현관에서 기다리니, 곧 보육원 직원으로 보이는 여자와 이사키가 함께 나왔다. 통통한 중년 여자였다. 이사키를 보는 그녀의 눈빛은 따뜻했지만,

이따금 준키 쪽으로 눈을 돌릴 때면 그 얼굴에 긴장의 빛이 어렸다.

미리 계획한 대로 이사키가 "타카기 켄스케 씨예요. 마이의 남자친구."라고 소개했다.

준키는 정중하게 허리를 굽혔다.

이사키의 도움을 받아 타카기 켄스케인 척하는 작전이었다. 적어도 생판 남이 불쑥 찾아오는 것보다는 훨씬 나으리라.

보육원 대표는 하시즈메라고 본인을 소개했다. 경계심 가득한 눈빛으로 준키를 관찰하던 그녀는 이내 건물 안으로 준키를 안내했다. 널찍한 거실에 들어가더니, 다른 아이들이 오지 못하도록 문을 꼭 닫았다. 응접실을 겸해서 사용하는 공간인 듯했다.

이사키에게는 밖에서 기다리라고 했고, 방에는 하시즈메와 준키만 남았다.

먼저 입을 연 사람은 하시즈메였다.

"우선 당신과 요시다 마이가 어떤 관계인지 알려주세요."

준키는 시오미 하루의 두 번째 작품과 이사키에게서 얻은 정보를 적절히 섞어서 이야기했다.

요시다 마이가 집에서 요양하던 당시, 매일 창밖을 바라보는 그녀를 발견하고 먼저 말을 걸었다. 자신도 초등학교에 다니지 못하던 시절이 있어 그녀에게 동정심을 느꼈다. 그녀와 친해져서 종종 만나게 되었다.

그런 이야기를 한 뒤, 거짓말을 지어냈다.

"바빠서 한동안 못 만나다가 오랜만에 연락해보니 마이가 가출했다길래…. 어디로 갔는지 알고 싶어요. 저한테는 여동생 같은 존재입니다."

하시즈메는 준키의 거짓말을 듣고 무언가 짚이는 데가 있는지 눈을 가늘게 떴다. 그러더니 준키에게, 실례지만, 하며 운을 떼고는 신분증을 보여달라고 했다. 준키는 학생증을 내밀었다.

하시즈메는 학생증을 확인하더니 연극배우처럼, 맙소사, 하며 깊은 한숨을 쉬었다.

"저희는 마이가 켄스케 씨와 함께 지내는 줄로만…."

"실종 신고는 하셨나요?"

"물론입니다. 그런데도 못 찾아서 포기할 수밖에 없었어요…."

하시즈메는 변명하듯 말끝을 흐렸다. 준키의 거짓말을 굳게 믿고 진심으로 걱정하는 듯했다. 마음씨 착한 사람을 속이고 있다는 죄책감이 들어 괴로웠지만, 이제 와서 발을 뺄 수는 없었다.

자기라면 마이를 찾을 수 있을지도 모른다고 호소했다.

하시즈메는 그제야 경계심을 풀고, 그렇다면 알겠습니다, 하면서 입을 열었다.

"켄스케 씨는 마이의 집안 사정을 어디까지 아시나요?"

"마이에게는 일부러 자세히 물어보지 않았어요." 그렇게 대답한 뒤에, 아무것도 모르는 것은 너무 부자연스럽다는 생각이 들었다. "마이가 선천적인 병을 앓아서 학교에 다니지 못했다고만 들었습니다."

"병…." 하시즈메는 의미심장하게 준키의 말을 곱씹었다. "맞아요. 마이는 초등학교에 다니지 못했어요. 어머니가 사고로 돌아가신 뒤, 이곳에 와서 치료를 받고 나서야 초등학교에 다닐 수 있게 되었어요."

거기서 준키는 줄곧 마음에 걸리던 의문을 꺼냈다.

"혹시… 불치병은 아니죠…?"

이사키의 이야기를 들었을 때 머리에 떠오른 최악의 상상.

준키가 요시다 마이의 존재를 몰랐던 이유는 낫기 힘든 병 때문에 이미 세상을 떠나서―.

"아뇨, 불치병은 아니었어요."

하시즈메가 딱 잘라 부정했다.

긴장이 풀리면서 약간 허탈했지만 안도했다.

병명을 묻자, 하시즈메는 "이 얘기와는 관련이 없을 것 같아요." 하며 복잡한 표정을 지었다. 준키도 더는 추궁하지 않았다. 요시다 마이가 살아 있다면 그걸로 됐다.

하시즈메가 대화 주제를 바꾸듯 설명을 이어갔다.

"그래서 초등학교에 제대로 적응하지 못했나 봐요."

집에서 요양하며 지내던 요시다 마이는 공부가 한참 뒤처졌다. 다른 사람과 소통하는 데에도 서툴러서 일주일에 반 이상은 울면서 보육원으로 돌아왔다고 한다. 보육원에도 친구다운 친구는 이사키 시노밖에 없었고, 마이는 매일 학교에 가기 싫다고 호소했다. 이사키가 옆에 있어 준 덕분에 크게 괴롭힘을 당하지는 않았지만, 은근히 따돌림을 당했다.

"저도 그 아이를 가족처럼 대했지만, 어느 날 갑자기 연기처럼 사라져서…."

준키의 기대와 달리, 그 이후에는 이사키에게 들은 것과 똑같은 내용이 이어졌고, 새로운 정보는 얻을 수 없었다. 요시다 마이는 중학교에 올라가기 전 가출한 뒤로 두 번 다시 돌아오지 않았다. 경찰에 신고해 수색도 해봤지만, 단서는 '켄스케'라는 사람 이름뿐이라 찾을 수 없었다고 한다.

그리고 당시의 마이에게는 스마트폰이 없었다. 인터넷도

사용하지 않고 달리 의지할 만한 상대도 없는 그녀가 가출해서 갈 만한 장소는 '켄스케'가 있는 곳밖에 없다고 생각한 모양이다.

준키도 요시다 마이가 타카기 켄스케에게 갔을 것이라 생각했다.

시오미 하루의 세 번째 작품에 묘사된 내용과 똑같았다. 두 사람은 한동안 함께 살았다. 이제 파헤쳐야 할 것은 그 이후에 그녀가 어디로 사라졌고, 그것이 켄스케와 어떤 연관이 있는지—.

"마이는 보육원에 오기 전까지 다른 초등학교에 재적했죠?"

그렇게 운을 뗀 준키는 하시즈메가 고개를 끄덕이자 질문했다.

"그 초등학교에는 지인이 없습니까? 마이를 돌봐주시던 선생님이라든가…."

어쩌면 타카기 켄스케는 요시다 마이와 함께 자취를 감춘 뒤, 요시다 마이와 연이 있는 사람의 집으로 도망쳤을지도 모른다.

하시즈메는 그런 가능성도 이미 생각해보았다는 듯 부정했다.

"없어요. 마이에게 특별히 마음을 써주는 선생님은 없었던 모양이에요."

"그렇습니까. 시골 선생님들은 왠지 정이 많은 이미지였는데…"

근거도 없는 편견을 말하자, 하시즈메가 의아한 표정으로 살짝 고개를 기울였다.

"시골이요? 아니에요. 전학 가기 전에 재적한 초등학교도 이 근처였어요."

준키가 숨을 삼켰다.

도쿄에서 그리 멀지 않은 베드타운. 대도시라고 할 수는 없지만, 시골은 아니다. 인구가 백만 명을 넘는 지역이었다.

준키는 어째서 요시다 마이가 시골 학교에 다녔다고 착각했을까.

시오미 하루의 두 번째 작품 《무의미한 밤으로 여행을 떠나다》에 그런 내용이 나온다.

집에서 나갈 수 없는 '여주인공'은 주인공의 손에 이끌려 처음으로 자신이 다닐 학교를 본다. 초등학교와 중학교가 같은 건물을 사용하는 학교였다.

준키는 그런 학교가 있냐고 의아해했지만, 켄스케는 학생 수가 적은 시골에는 분명 있다고 설명했다. 그래서 준키는 자연스럽게 '여주인공'이 작은 시골 마을에 산다고 생각했다.

하지만 착각이었다.

그렇다면 요시다 마이가 적을 둔 학교는 대체 어떤 곳이었다는 말인가.

준키가 생각에 잠겨 가만히 있자, 하시즈메가 미세하게 눈동자를 굴렸다.

못 보고 지나칠 만큼 미세한 움직임이었지만, 확실히 당황한 것 같았다. 마치 자신의 실언을 깨달은 것처럼.

이 기세를 몰아 더 추궁하기로 했다.

하지만 과하게 파고들면 하시즈메가 입을 닫아버릴 것이다.

"이건 조금 다른 이야기지만," 준키는 눈치채지 못한 척하며 태연하게 물었다. "마이의 어머니는 어떻게 돌아가셨나요?"

"집 외부 계단에서 사고로 추락하셨어요. 그건 왜 물으시죠?"

그 정도라면 문제없을 것이라 낙관했는지, 하시즈메는 순순히 대답했다.

하지만 준키는 이미 모든 것을 파악했다.

하시즈메가 무엇을 숨기려 했는지도, 켄스케가 요시다 마이의 어머니에게 무슨 짓을 했는지도.

방에서 나가자, 이사키가 복도에서 기다리고 있었다.

"성과가 좀 있었어요?"

준키는 어깨를 으쓱여 보였다. 아무것도 없었어, 라고 말했다. 한 가지 부탁만 더 들어줘, 라고 덧붙였다.

"미노시마를 만나게 해줘." 준키가 말했다. "저기, 혹시 괜찮으면 걔 남동생이 다니는 학교에 데려다줄래?"

이사키는 영문을 모르겠다는 표정으로 멍하니 눈을 껌벅이다가 이내 미노시마에게 연락했다.

몇 가지 확인할 것이 있었다.

미노시마를 만나 두어 가지 질문을 해보자, 예상이 확신으로 바뀌었다.

미노시마는 놀란 것 같았다. '왜 데려가 달라고 하냐'가 아니라 '어떻게 알았냐'고 물었다.

준키는 길을 걸으면서 자신이 어떤 흐름으로 추론했는지 말했다. 복잡한 추리도 아니었다. 그의 남동생은 미노시마, 이사키와 다른 중학교에 다닌다. 하지만 미노시마네 집안이 중학교 입시를 뒷바라지했을 것 같지는 않다. 요즘 대도시에서는 학교 선택제가 도입되어 자신이 다닐 중학교를 선택할 수 있다고 하지만, 지방 도시에 지나지 않는 이 지역은 여전히 학구제를 따른다. 진학할 중학교는 거주지에 따라 결정되고, 정해진 곳이 아닌 다른 중학교에 다니려면 타당한 이유가 필요하다.

그래서 과감하게 물어보았다.

너희 동생은 일반 중학교와는 다른 학교, 그러니까 특수 학교에 다니냐고.

미노시마의 안내를 받아 교문 앞에 도착했을 때, 준키는 탄식했다.

시오미 하루의 두 번째 작품에 나오는 묘사와 일치하는 학교였다.

으리으리한 교문, 좁은 운동장에 놓인 타이어 놀이기구 개수, 학교 건물에 달린 커다란 시계까지. 그리고 초등학교와 중학교, 정확히는 초등부와 중등부가 같은 건물에 있었다.

이곳은 요시다 마이가 적을 두던 학교가 틀림없다.

학생 수가 적어서 초등학생과 중학생이 함께 다니는 학교였다.

준키가 학교 건물을 가만히 바라보는데, 학생 한 명이 건물에서 나왔다. 미노시마가 자기 동생이라고 말했다. 그는 학교 건물에서 뛰어나와 미노시마와 잠깐 대화한 뒤 준키에게 고개를 숙이며 정중하게 인사했다.

준키는 다른 두 사람에게 들리지 않도록 작은 목소리로

"요시다 마이라는 학생을 알아?"라고 물었다.

그러자 그는 작게 고개를 끄덕였다. 예전에 출석부에서 본 기억이 있다고 했다. 준키는 그 기억이 정확하냐고 거듭 물었다. 미노시마 동생의 대답은 흔들리지 않았다.

준키는 또박또박 대답하는 그를 저도 모르게 빤히 쳐다보았다. 도저히 장애가 있는 사람으로 보이지 않았다.

동생이 학교로 돌아가자, 미노시마가 중얼거렸다.

"잘 모르는 사람들은 원래 그런 표정으로 봐요. 근데 장애에도 여러 종류가 있거든요."

미노시마가 말하길, 동생은 경도 지적장애라고 했다. 초등학교 중반까지는 일반 공립학교에 다녔지만, 괴롭힘을 당해 특수학교로 전학했다는 듯하다.

언뜻 봤을 때 미노시마의 동생은 지극히 평범한 중학생이었다.

"의심의 눈초리로 보는 사람들도 가끔 있어요." 미노시마는 자조하듯 말했다. "너희 동생은 사실 건강하면서 장애인인 척하는 거 아니냐고요. 잠깐 봐서는 판단이 안 서니까요."

부당하게 장애 수당을 받는다고 의심하는 사람들이 있냐고 묻자, 미노시마는 고개를 끄덕였다. 가난한 집안 사정까지 맞물려서 의심받는 일이 일상다반사인가 보다. 미노시마의 어두운 표정을 보니 마음이 아팠다.

"너한테 묻고 싶은 게 하나 더 있는데," 이사키에게는 들리지 않도록 작게 물었다. "혹시… 손목시계 암호를 푼 거야?"

미노시마는 입을 벌린 채 굳었다.

나무랄 생각은 없어, 라고 준키가 말했다. 미노시마에게 나쁜 의도가 있었을 것 같지는 않다. 암호 자체가 누구나 풀 수 있을 만한 수준이었다.

하지만 아무나 풀어서는 안 되는 중요한 암호였다. 그 내용이 알려지면 소녀가 가출해야 할 정도로.

요시다 마이가 가출했을 때, 그녀의 손목시계를 갖고 있던 사람은 미노시마였다. 마이가 가출할 결정적인 계기를 제공한 사람이 미노시마라고 보는 것이 자연스럽다.

미노시마는 준키가 아닌 다른 누군가에게 사과하듯이 고개를 숙였다.

"그런 내용일 줄은 몰랐어요."

어느 날, 미노시마는 교실 책상에 덩그러니 놓인 손목시계를 발견했다고 한다. 요시다 마이가 늘 차고 다니던 시계인 것이 떠올랐다. 구경하다가 시계 뒷면에 새겨진 암호를 발견했다. 해독해보니 생각지도 못한 내용이었다. 손목시계를 요시다 마이에게 돌려주면서 그 사실을 말하자, 그녀는 낯빛을 바꾸더니 '그건 내 게 아니야'라고 우기며 시계를 받지 않았다.

"설마 그다음 날 사라질 줄은 꿈에도 몰랐어요⋯."

준키는 미노시마를 위로했다. 혹시 네가 마이나 이사키에게 죄책감을 느낀다면, 그럴 필요 없다고. 그저 요시다 마이가 부주의했을 뿐이니까.

떠나는 미노시마에게 준키는 고맙다고 말했다.

줄곧 옆에서 따분해하던 이사키는 "이것도 마이를 찾는 과정이에요?"라고 물었다.

그렇다고 대답한 준키는, 얻은 건 아무것도 없지만, 하며 얼버무렸다.

이사키는, 역시, 하며 작게 웃었다. 낙담한 것 같지는 않았다. 개운한 표정이었다.

왜일까. 준키가 다시 이사키의 얼굴을 살피는데, 그녀가 물었다.

"그러니까 이제 켄스케 씨를 쫓는 건 그만두지 그래요?"

"응? 마이가 지금 어떻게 지내는지 궁금한 거 아니었어?"

준키는 고개를 갸웃했다.

이사키는 준키 옆에 딱 붙어 섰다.

"역시 그런 생각이 들어요. 마이는 분명히 켄스케 씨랑 행복하게 살고 있을 거라고요. 무슨 일이 있었으면, 틀림없이 돌아왔겠죠? 근데 안 돌아왔으니까 마이는 사랑하는 사람과 이어져서 저를 잊어버릴 정도로 즐겁게 살고 있는 게 분명해요."

준키가 하시즈메나 미노시마와 대화하는 동안 심경의 변화가 있었나 보다.

준키는 주머니에서 스마트폰을 꺼냈다. 천천히 시간을 들여 역으로 가는 경로를 검색하는 척하면서, 이사키에게 무어라 말할지 고민했다.

"맞아. 켄스케랑 마이는 둘이서 알콩달콩 지내고 있을지도 몰라."

준키가 희망적인 관측을 내놓고는 농담조로 "하시즈메 씨에게 괜한 걱정을 끼쳤네." 하며 웃었다. 이사키는 환하게 웃으면서 "제가 상황 봐서 적당히 수습할게요." 하더니 역까지 바래다주겠다고 말했다.

이사키는 역시 요시다 마이를 아끼는 사람이었다. 역으로 향하는 동안 그녀는 요시다 마이와 자신이 얼마나 친했는지 이야기했다. 그녀와 처음으로 함께 등교한 날 하늘이 얼마나 푸르렀는지부터, 학교에서 같은 반이 됐을 때 얼마나 기뻤는지까지.

마치 켄스케 이야기를 늘어놓는 미네 같았다. 마이도 켄스케처럼 사람을 끄는 매력이 있는 모양이다.

이사키의 미소를 볼 때마다 준키는 죄책감이 커졌다.

이사키에게 거짓말을 했다.

켄스케와 마이는 연인 사이가 아니다. 조금 더 견고한 관계이다.

이사키는 눈치채지 못한 것 같지만, 켄스케와 마이는 나이 차가 크다. 요시다 마이가 가출했을 때, 그녀의 나이는 열두 살. 타카기 켄스케는 열아홉 살. 사랑에는 나이가 없다고들 하지만, 그 나이대에 일곱 살 차이가 나면 서로 가치관이 부딪치기 마련이다. 연애라고 생각하기는 어렵다.

타카기 켄스케와 요시다 마이가 어떻게 만났는지는 모른다.

아무튼 그들은 만났다. 두 번째 작품 《무의미한 밤으로 여행을 떠나다》에 나오는 내용을 그대로 믿어본다면, 켄스케는 중학교를 졸업하고 러브호텔에 상주하며 아르바이트를 하던 당시에 요시다 마이를 만났다. 학교에 가지 않고 지루하게 방 창문으로 거리를 내다보는 요시다 마이를 발견하자, 자신의 처지와 겹쳐 보여 말을 걸었다.

켄스케는 금방 알아차렸을 것이다.

요시다 마이가 안고 있는 문제를….

"저기, 이사키." 준키가 이사키의 말을 끊으며 물었다. "마이한테는 병이 있었다고 했지? 병 때문에 집 밖으로 나갈 수 없었다고."

"네, 그런데요…?" 이사키가 의아한 표정으로 말했다.

이사키의 말에 따르면, 요시다 마이는 보육원에 들어가기 전 중병을 앓았다고 한다.

병. 거기에는 이상한 점이 너무 많다.

가능성은 두 가지이다. 일반인들이 모르는 희귀병, 혹은… 꾀병.

후자를 상상해보았다.

건강한 소녀가 '나는 아프다'고 속일 이유는 무엇일까.

주변의 동정을 얻고 싶어 하는 뮌하우젠 증후군. 그게 아니면….

"하나만 더 물을게. 마이는 계속 너랑 같은 학교에 다녔지?"

"맞아요. 마이가 보육원에 온 뒤로는요."

요시다 마이는 원래 특수학교에 적을 둔 상태였다.

하지만 요시다 마이에게 신체장애나 지적장애가 있었다고 보기는 어렵다. 보육원에서 지내는 동안은 이사키 시노와 같은 학교에 다녔으니 말이다. 장애가 심하지 않아서 일반 학교가 더 적합하겠다는 판단이 떨어진 것도 아니었을 것이다. 그때까지는 특수학교에도 제대로 다니지 못했으니 우선은 그곳에서 기초적인 학습 기반을 다졌어야 자연스럽다.

어쩌면….

―요시다 마이의 어머니가 딸을 지적장애인으로 속인 것은 아닐까.

지적장애인 자녀를 둔 부모는 특별 아동 부양 수당을 받을 수 있다. 마이의 어머니는 딸을 집 밖으로 한 발짝도 내보내지 않고 주변을 속인 것 아닐까. 당사자에게는 병이라는 핑계를 대면서.

마이의 어머니는 그녀가 교육받을 권리를 희생시켜 돈을 얻었다.

그때 요시다 마이의 곁에 타카기 켄스케가 나타났다.

―그리고 요시다 마이의 어머니는 사고로 세상을 떠났다.

추락사. 사고인지 살인인지 판가름하기 어려운 방식으로.

"이사키, 그 시계 한 번만 더 보여줄래?"

어머니가 죽은 뒤, 요시다 마이는 타카기 켄스케에게 손목시계를 받았다.

준키는 그 시계 뒷면을 다시 확인했다.

[227221*417465*2361259533]

이렇게 새겨진 암호. 해독하는 방법은 간단했다. 애초에 요시다 마이도 해독할 수 있도록 단순하게 만들어진 암호였다.

일본어의 50음도. 가로열과 세로열에 번호를 매겼을 뿐이다. 아(あ)는 11, 이(い)는 12, 우(う)는 13, 카(か)는 21, 키(き)는 22. 중간중간 낀 별표(*)는 탁음을 나타내는 기호인가.

"이 시계에 적힌 암호가 무슨 뜻인지 알겠어요?" 이사키는 기대에 찬 목소리로 물었다.

준키는 망설이다가 거짓말을 했다.

"…아니, 역시 모르겠어. 아마 켄스케가 마이에게 보낸 사랑의 밀어겠지."

이사키는 "그럼 상당히 거북한 내용이겠네요." 하면서 하얀 이를 보이며 웃었다. "그래도 마이는 꽤 좋아했을지도 몰라요. 두 사람이 잘됐으면 좋겠다."

준키는 아무 말도 하지 않았다.

확실한 것은 타카기 켄스케와 요시다 마이가 강하게 연결되어 있다는 사실이다.

두 사람은 연인 사이가 아니다. 굳이 말하자면, 공범 사이이다.

아무리 생각해도, 그들은 밝은 미래를 거머쥐었을 것 같지 않다.

시오미 하루의 두 번째, 세 번째 작품에 나오는 정보와 보고 들은 정보를 토대로 준키는 두 사람의 이야기를 추측해보았다.

타카기 켄스케, 열일곱 살. 중학교를 졸업한 뒤 거리에서 일하던 그는 감금된 요시다 마이와 운명적으로 만났다. 그들은 가까워졌고, 요시다 마이의 어머니가 죽은 뒤에도 교류하다가 2년 후 동거를 시작했다.

요시다 마이는 그때까지 학교에 다니지 못했지만, 타카기 켄스케가 그녀를 구제했다. 그러나 열 살이 될 때까지 한 번도 공부해본 적이 없는 마이에게 교실은 힘겨운 공간이었다. 가시방석 같은 학교생활을 잘 버티려면 마음에 안정을 줄 무언가가 필요했다. 은인이 준 시계를 언제 어디서든 차고 다니며 자기 자신을 다독였다.

하지만 부주의했다.

다른 사람에게 암호 내용을 들키자, 그녀는 도망쳐야 한다고 직감했다. 만약 이사키나 보육원 직원에게 암호를 들키면 그들이 무엇을 연상할지 알았기 때문에.

너무 경솔했다. 하지만 준키는 그녀를 비난할 마음이 들지 않았다.

요시다 마이가 학교에 있는 동안에는 타카기 켄스케도 그녀 옆에 있을 수 없었다. 그래서 그는 메시지를 남겼다. 그녀도 알 수 있을 만큼 쉬운 암호로 두 사람만의 비밀을 적어서. 언제 어느 순간에나 내가 너를 지킬게, 라는 마음을 담아서.

준키는 모른다. 켄스케가 왜 위험을 감수하면서까지 그녀를 위해 애썼는지.

서로 마음이 통하기라도 했나? 학교에 다니지 못하던 두 사람이 동병상련을 느꼈나?

켄스케의 말버릇을 빌리자면, 서로 영혼의 울림을 느꼈나?

세상이 잊어버린 고독한 영혼들이 만나서, 그들만이 알 수 있는 감정으로 서로의 마음을 만졌나…?

준키는 손목시계로 눈을 돌렸다.

시계에 새겨진 암호는 간결했다.

'너를 위해 나는 죽인다.'

제
5
장

타카기 켄스케는 살인마이다.

반신반의하던 살인 의혹은 준키가 도쿄로 돌아왔을 때쯤 확신으로 변했다. 켄스케는 요시다 마이의 어머니를 죽였다. 아마 친아버지와 사카에다 시게미치도 죽였을 것이다.

그렇게 생각할 수밖에 없었다.

처음에는 켄스케가 감금이나 납치를 당한 줄 알았다. 그래서 지금껏 타카기 켄스케와 관련된 사람들을 모조리 찾아다녔다. 이제 그 전제도 고쳐 생각해야 한다.

상상은 나쁜 방향으로 흘러갔다.

준키의 머릿속에는 타카기 켄스케가 아직도 행방불명인 이유만 가득했다.

어쩌면… 타카기 켄스케는 또 다른 살인을 저지르려고 기회를 노리고 있을지도 모른다.

켄스케가 아무리 대단해도 언제까지고 이렇게 국가 권력을 피해 도망 다닐 수는 없다. 준키를 이용해 시간을 벌고, 그사이에 다음 표적을 노리는… 그런 계획이었을까.

그런데 타카기 켄스케가 다음 살인을 저지른다면, 두 사람의 생활은 정말 끝이 난다.

타카기 켄스케는 체포될 것이고 준키 역시 방조죄로 처벌받을 것이다.

그것만은 막아야 한다. 준키 자신을 위해서, 그리고 그 이상으로 켄스케를 위해서.

물론 이 모든 게 준키의 기우라면 문제 될 것이 없다.

어찌 되었든 켄스케와 재회해야 하는 지금 상황에는 변함이 없었다.

조사가 벽에 부딪혔다.

준키는 지금까지 시오미 하루의 소설을 쫓아 켄스케의 인생을 추적했다. 무호적 아동이던 시절의 고독함을 그린 《녹슨 날개의 아이들》, 요시다 마이와의 만남을 그린 《무의미한 밤으로 여행을 떠나다》. 그렇다면 다음으로 살펴봐야 할 것은 시오미 하루의 세 번째 작품 《말뚝》이다.

이 작품에는 스토리다운 스토리가 없다. 가출한 소녀와 그녀를 숨겨주는 소년이 4개월 동안 함께 지내는 모습을 그린 작품이다. 처음부터 끝까지 그들은 방에서 나가지 않고, 글에는 갈 곳 없는 적막감이 넘친다. 작품을 읽다 보면 숨이 막혀 힘이 빠지는데, 그제야 비로소 숨 쉬는 것마저 잊고 있었음을 깨닫게 된다. 시오미 하루의 진면목. 절망적일 정도로 커다란 폐쇄감.

이 작품 역시 켄스케와 요시다 마이의 인생이 모델이었을 것이다.

열아홉 살 타카기 켄스케와 열두 살 요시다 마이는 함께 살았다. 소설가로 데뷔하기 전이던 타카기 켄스케와 보육원을 뛰쳐나온 요시다 마이는 적어도 4개월 동안 함께 있었다.

하지만 그로부터 1년 후, 타카기 켄스케는 타테이 준키와 함께 살기 시작했다.

그 1년이라는 공백이 수수께끼였다.

준키는 거기에 타카기 켄스케를 찾을 힌트가 있을 것 같다고 추측했다.

준키는 이사키와 헤어진 뒤, 도쿄 집으로 돌아가 다시 집 안을 살펴보았다. 이틀 만에 찾은 집을 냉정한 눈으로 뜯어보았다. 타카기 켄스케와 함께 사는 이 아파트는 부엌과 거실, 다이닝룸이 딸린 투룸이다. 개인 물건이 거의 없는 타카기 켄스케가 혼자 살기에는 집이 크다.

—3년 전에는 여기서 요시다 마이와 함께 살았나.

아니다.

—그러기엔 월세가 너무 비싼가.

타카기 켄스케가 요시다 마이와 살던 때는 그가 소설가로 데뷔하기 전이었다. 수입이 없었을 것이다. 당시에는 다른 저렴한 집에서 살았다고 봐야 맞다. 그러다가 소설 인세를 받게 돼서야 이사했을 것이다.

그때부터 요시다 마이와는 떨어져 살았나…?

만약 그녀가 살 집을 따로 얻었다면, 그 비용은 켄스케가 지불했을까…?

준키는 타카기 켄스케 명의로 된 통장을 펼쳤다. 최근에도 매달 약 4만 엔씩 돈이 빠져나간 기록이 있다. 송금처는 개인. 처음 보는 이름. 매달 4만 엔이라는 숫자를 보니 자동차 할부나 양육비가 머리를 스쳤지만, 지금껏 준키가 쫓아온 타카기 켄스케의 이미지와는 어울리지 않는 단어들이었다.

역시 타카기 켄스케는 이 아파트와는 별개로 또 집을 얻은 것일까.

준키는 켄스케에게 한 발짝 접근했다는 직감이 들어 주먹을 꽉 쥐었다. 하지만 금방 힘이 빠져 손을 풀었다.

단서가 될 임대계약서는 집 안 어디에도 없었다.

타카기 켄스케에게 숨겨진 집이 있다고 해도, 그곳을 찾아낼 수단이 없었다.

더는 조사할 방법도 없었다.

경찰서에 도착하자, 지난번과 마찬가지로 체격 좋은 중년 형사와 호리호리한 젊은 형사 둘이 준키를 맞아주었다. 이 사건은 그들이 중점적으로 수사하는 모양이다.

두 번째 방문인데도 심문실 분위기는 여전히 생경했다. 준키는 심문실에 들어간 순간 가벼운 현기증이 일어 비틀거렸다.

"피곤해?" 중년 형사가 웃었다. 전화로는 존댓말을 쓰더니, 실제로 만나면 말투를 바꾸는 성격인가 보다. 게다가 지난번보다 말투가 허물없었다.

중년 형사는 준키 바로 앞에 앉았고, 젊은 형사는 심문실 한쪽에서 대기했다. 중년 형사의 표정은 어쩐지 부드러웠다. 가슴을 펴며 준키를 내려다보던 태도는 온데간데없었고, 준키의 이야기를 귀담아들으려는 듯 허리를 세우고 집중하는 표정이었다.

"타카기 켄스케, 우선 말해두자면 네 알리바이가 증명됐다."

중년 형사가 먼저 그렇게 말했다.

범행 추정 시각에 '타카기 켄스케'가 이케부쿠로 술집에 간 사실이 증명되었나 보다. 지하철을 타고 이동한 증거와 이케부쿠로로 가기 직전에 대학도서관을 이용한 증거가 나온 모양이다.

당연히 그랬겠죠, 하며 준키가 미소 지었다.

속으로 가슴을 쓸어내렸다.

그렇구나. 실행범일 가능성이 사라져서 형사의 태도가

바뀐 것 같다.

형사는 "의심해서 미안했다." 하며 고개를 숙이더니 설명을 이어나갔다.

"그러니까 이번에 발견된 익사체는 사고로 사망했거나, 또는 자신을 '타카기 켄스케'라고 속인 누군가에게 살해당한 것 같다."

이제 그런 추리가 힘을 얻었나 보다.

형사는 누군가에게 원한을 사지 않았는지, 자신을 타카기 켄스케로 속였을 때 이득을 보는 사람이 없는지 등을 물었다.

준키는 용의 선상에서 벗어나자 마음에 여유가 생겼다. 어떤 질문이든 피하지 않았고, 애매하고 당연한 말만 늘어놓았다. 아무에게도 원한을 사지 않는 사람은 없다는 식으로.

"그 집은," 형사가 불쑥 말을 꺼냈다.

예리한 칼날처럼 날카로운 말투로.

"혼자 살기엔 넓잖아. 너 말고 또 누가 같이 살아?"

억지로 꾸며낸 준키의 미소를 단번에 날리는 질문이었다.

형사가 책상에 팔을 올렸다. 형사의 주먹이 준키의 눈앞으로 왔다.

형사는 준키를 용의 선상에서 제외했지만, 그가 사건에 간접적으로 개입했으리라는 의심은 풀지 않은 모양이다.

"업무용 방이랑 침실을 나눴어요." 준키가 또박또박 대답했다.

'타카기 켄스케'가 소설가라는 이야기는 이미 해두었다. 수입과 월세가 얼마인지 밝히며 자기 정도면 별 탈 없이 살 만한 집이라고 버텼다. 형사가 스마트폰이 두 대인 이유를 묻자, 그것도 업무용과 개인용이라고 대답했다. 다행히 켄스케는 담당 편집자 말고는 연락하는 사람이 없었고, 준키의 스마트폰에는 대학교 친구의 연락처밖에 없었다. 만약 형사가 스마트폰을 확인하더라도 잘 넘길 수 있다.

"흠…." 형사가 못마땅하게 입꼬리를 일그러뜨렸다. "그럼 수면제는 네가 쓰려고 샀나?"

예상 밖의 발언에 준키는 "수면제요?"라고 되물었다.

"인터넷 쇼핑몰에서 샀잖아? 외국산 수면제."

켄스케는 그런 것까지 준비했단 말인가.

소설을 쓰기 위한 자료라고 짧게 대답했다.

준키의 몸에서 땀이 배어 나오기 시작했다. 바싹 말라가는 입술을 가볍게 깨물었다. 입가가 가려지도록 코를 긁적이고는, 움직임 하나하나를 감시하듯 쳐다보는 형사를 똑바로 마주 보았다.

어쩌면 경찰은….

형사는 준키의 시선에 전혀 동요하지 않고 계속 추궁했다.

"네 이웃집에서 이런 이야기를 들었어. '한 청년이 외출한 뒤에도 옆집에서 인기척이 났다. 지금껏 두 사람이 사는 줄 알았다'라고. 이건 어떻게 생각해?"

잘못 들었겠죠, 라고 준키는 대답했다. 실제로 그냥 전기 밥솥 소리였을지도 모른다. 애초에 옆집까지 인기척이 들릴 만한 건물도 아니었다.

그때 우연히 친구가 왔는지도 모르죠, 라고 주장하려다가 입을 다물었다.

괜한 말을 했다가 형사가 그 친구의 이름을 알려달라고 할지도 모른다. 그렇게 되면 대답할 말이 없었다.

옆집 사람이 착각한 거겠죠, 하며 끝까지 버텼다.

준키를 관찰하는 형사의 눈빛이 차가웠다. 적어도 선량한 일반 시민을 보는 눈은 아니었다. 한마디도 실수하면 안 된다.

"이봐, 켄스케." 위압적인 목소리였다. "너 누굴 숨겨주고 있지?"

단도직입적인 질문.

형사는 역시 준키를 조력자로 의심하고 있었다.

준키는 얼굴에 감정을 드러내지 않으려고 애썼지만, 형사의 눈을 속였는지 확신할 수 없었다. 형사들은 진실에 가까워지고 있다. 속에서 탄식이 터져 나왔다.

"증거라도 있나요?" 온 힘을 쥐어짜 허세를 부렸다.

천천히 목이 졸리는 느낌이었다.

형사는 콧방귀를 뀌었다.

"없어. 근데 네 태도를 보면 알아. 특히 피해자 사진을 봤을 때 그 눈빛."

냉소적인 말투에 몸의 피가 식는 듯했다.

필사적으로 표정을 숨겼지만, 우습게도 전부 간파당한 모양이다.

"증거도 없이 상상만으로 사람을 체포할 수는 없잖아요?"

궁하디궁한 저항이었다.

그 한 가지에 매달려 반박할 수밖에 없었다.

"그야 그렇지." 형사는 무릎을 치며 웃었다. "너희 집을 압수 수색하면 얘기가 달라지겠지만."

준키의 등줄기에 땀이 흘렀다.

형사가 말하길, 법원에서 영장만 받으면 얼마든지 압수 수색을 할 수 있다고 했다.

그렇게 자랑하듯 설명하더니, 형사는 준키에게 얼굴을

들이댔다. 담배 냄새가 밴 날숨이 준키의 얼굴에 닿았다.

"어떻게 할래? 여기서 자수할래, 압수 수색을 당할래? 어떻게 하고 싶어?"

다리 힘이 빠질 것 같았다.

어느 쪽을 고르든 막다른 길이었다.

준키가 자수하려면 켄스케의 신분증을 빌려서 명의를 도용한 것도 털어놓아야 한다. 한편 압수 수색을 당한다면, 경찰들이 타카기 켄스케의 소지품을 가져갈 것이다. 만약 범행 현장에 타카기 켄스케의 지문이 하나라도 남아 있다면, 도망칠 구멍이 없어진다.

준키의 이성이 조용히 속삭였다.

—배신해도 돼. 한마디 말도 없이 사라진 살인마인걸.

—그 사람이 나를 구해준 이유도 선의 때문이 아니라 살인사건 알리바이를 만들기 위해서잖아?

목이 타들어 갔다.

겨우겨우 내뱉은 목소리가 갈라졌다.

"숨기는 사람 같은 거 없어요."

형사의 눈이 약간 커졌다. 그가 감탄에 가까운 소리를 내더니, 고집이 보통이 아니네, 라고 비꼬듯 말했다.

준키는 허리를 곧게 폈다.

"압수 수색이라고 하셨죠? 네, 마음껏 하세요. 근거 없는 망상으로 수색하세요. 대신 아무것도 안 나오면, 제가 겪은 일로 논픽션을 써서 출간할게요."

"귀찮은 녀석이군."

형사는 엄지로 턱을 긁적였다.

"네가 살인에 개입하지 않았다면, 큰 죄가 되지는 않아. 하지만 범인이 도주하도록 방조한다면 얘기가 달라져. 알고 있는 거야?"

"글쎄요?"

"괜한 고집부리지 마. 어? 잘 생각하라고."

형사는 말을 덧붙일 때마다 목소리가 커졌다.

"범인은 언젠가 잡히게 돼 있어. 그때는 옆에서 도와줄 사람이 필요하다고. 근데 너까지 체포되면 어떻게 해? 하루하루 전전긍긍하며 도망 다닐 범인의 인생은 어떻게 하고? 도주 자금은 있대? 자금이 다 떨어지면 범인은 또 범죄를 저지를 거다. 그때마다 죄가 불어나겠지. 아니면 또 누군가를 죽이려고 때를 기다리는 중일지도 몰라. 켄스케, 지금 네 행동이 정말 그 녀석에게 도움이 될까? 죄를 뉘우칠 기회를 주는 것도 애정이잖아? 어때, 내 말이 좀 와닿아? 아니면 같잖다고 속으로 비웃고 있나? 어? 어떠냐고!"

형사는 쉬지 않고 말을 늘어놓더니 주먹으로 책상을 내리쳤다.

준키는 감정에 호소하는 말을 들으면서 다리에 힘을 주어 마음을 억눌렀다. 형사는 어느 정도 정확하게 진실을 파악했다. 준키는 모든 것을 털어놓고 싶다는 충동에 휩싸였다. 하지만 참았다.

그러자 형사는 작전을 바꿔 피해자 사카에다 시게미치가 어떤 사람이었는지 설명하기 시작했다. 동정심을 불러일으키는 말이었다. 사카에다 시게미치는 어두운 과거를 청산하고 갱생해 식당에서 일했다고 한다. 죽을 때까지 독신이었지만, 고향에는 부모님이 계셨다. 적은 월급을 떼어 매달 부모님께 생활비 일부를 보냈다. 허리가 굽은 노부부는 사카에다 시게미치가 죽었다는 이야기를 듣고 눈물을 쏟아냈다. 범인을 잡았다는 연락이 오기를 이제나저제나 기다린다고 했다.

마치 사카에다가 억울한 피해자라도 되는 양 이야기하는 형사의 말투에 준키는 몸이 점점 뜨거워졌다. 피가 거꾸로 솟는 느낌이었다.

"켄스케, 넌 어떻게 생각해?" 형사는 말을 이었다. "사카에다 시게미치의 부모님 이야기를 들으니 마음이 어때?"

"그딴 건 모르겠고," 반사적으로 말이 튀어 나갔다. "꼴 좋다는 말밖에 안 떠올라요."

"뭐?"

형사는 말을 잃은 듯 숨을 삼켰다.

"너 사카에다 시게미치를 알아?"

실수했다.

준키는 황급히 입을 막았지만, 이미 늦었다. 준키는 전에 형사에게 '사카에다 시게미치를 모른다'고 말했다. 그런데 방금 발언으로 사카에다 시게미치와 연결고리가 있음을 드러내고 말았다.

형사는 멍하니 준키를 응시했다. 심문실 한쪽에 있던 젊은 형사도 서류에서 눈을 떼고 준키를 보았다.

─큰일났다.

이제 그들은 진실에 한 발짝 더 다가가게 될 것이다. 준키가 살인에 개입했다는 의심은 더더욱 깊어질 것이다.

"…너무 터무니없어서 웃기네요. 사카에다 시게미치라는 이름을 인터넷으로 검색해 보니까 공갈 사건이 나오길래 기억해뒀을 뿐이에요."

한번 내뱉은 말을 주워 담을 수도 없었다.

준키는 자포자기에 가까운 미소를 보였다.

"증거가 없으니까 자꾸 자수하라고 하는 거죠? 진짜 잘못된 거예요, 그거. 이렇게 그릇된 확신 때문에 사람들이 억울하게 죄를 뒤집어쓰는 거라고요."

말이 공허하게 울렸다.

형사의 목소리는 조금 전까지 내뿜던 위세가 모두 거짓인 양 덤덤했다.

"…타카기 켄스케, 내가 전할 말은 다 전했다. 내일 한 번더 여기로 와."

더 할 이야기가 없다고 우겼지만, 형사는 받아들이지 않았다.

그는 준키의 어깨에 손을 올렸다. 몹시 묵직했다.

"제대로 고민한 다음에 답을 가져와."

준키는 진술조서가 완성되기를 기다리다가 서명한 후풀려났다. 첫 번째 경찰 조사 때와 달리 똑같은 질문을 여러 번 받지는 않았다.

준키는 힘없이 대답하고 경찰서를 빠져나왔다.

등 뒤에서 동정하는 눈빛이 느껴졌지만, 한 번도 돌아보지 않았다.

심문을 받을 때마다 덜미를 잡히네.

준키는 자조하면서 집으로 돌아갔다. 경찰 조사는 강도가 높았지만, 시간으로 따져보니 한 시간도 되지 않았다.

경찰서에서 나와 바람을 맞으니 추웠다. 자신이 얼마나많은 땀을 흘렸는지 그제야 깨달았다. 준키는 자판기에서스포츠음료를 사서 단숨에 들이켰다.

다음 경찰 조사 때는 못 버티겠다, 라고 조용히 생각했다.

담당 형사가 그런 스타일인지, 몇 시간씩 붙잡아두고 자수하라고 강요하지는 않는다. 다만 칼처럼 예리한 말로 준키를 찢어발겨 막대한 타격을 입힌 뒤에 풀어준다. 빈사 상태나 다름없다. 이럴 바에야 몇 시간씩 붙잡아놓고 꼬치꼬치 캐묻는 형사가 나을 것 같다.

'반응을 보니 아무래도 사카에다에게 원한이 있는 것 같군. 피해자 가족인가?' '범인은 켄스케를 위해 사카에다를 죽인 걸까요?' '아마도. 켄스케는 틀림없이 누군가를 숨겨주고 있어. 확실한 증거를 찾으면 압수 수색에 들어가자.' '네.' '뭐, 지금 상태를 보니까 슬슬 자수할 것 같지만. 다음 번에 친근하게 대해주면 알아서 털어놓을 거야.'

형사들끼리 그런 대화를 나누는 장면이 상상되었다.

그들은 켄스케와 준키가 바뀌었다는 사실을 모른다. 하지만 두 사람이 어떤 관계인지 열심히 파헤치고 있다.

게다가 조금 전에 형사가 했던 말이 준키의 마음을 몹시 어지럽혔다.

'또 누군가를 죽이려고 때를 기다리는 중일지도 몰라.'

형사도 준키와 같은 예감을 느꼈다는 뜻이다.

아버지를 태워 죽이고, 마이의 어머니를 밀어 죽이고, 사카에다 시게미치를 물에 빠뜨려 죽인 타카기 켄스케가 또다시 사람을 죽이려고 한다…. 가능한 일이다.

하지만 어떻게 막을 수 있을까? 준키는 켄스케가 어디에 있는지 모른다.

벽에 부딪혔다.

타카기 켄스케나 요시다 마이와 가깝게 지내던 인물은 모조리 만났다.

그들이 살던 집에는 단서가 없다.

경찰은 조금씩 진실에 가까워진다.

절망적이었다. 이제 분신 생활도 끝을 맞이할 것이다.

집에 도착해 거실 테이블 앞에 앉았다.

눈을 감자, 지금까지 켄스케와 보낸 시간이 아련하게 떠올랐다.

준키가 아르바이트를 마치고 돌아오면, 켄스케의 방에서 키보드 소리가 들려왔다. 거실에서 잠깐 책을 읽고 있으면, 켄스케가 나와서 책 내용을 물었다. 준키가 가끔은 외식을 하자고 제안하면, 켄스케는 쓸쓸한 미소로 얼버무렸다. 술 마시는 사람이 싫다고 의미심장하게 말하면서 자세한 사정은 이야기해주지 않았다. 지금의 준키는 그의 아버지가 알코올중독자라서 그랬다는 것을 알지만, 과거의 준키는 아무것도 모르면서 깊이 파고들지 않고 독서를 이어나갔다. 그러다 켄스케가 원고를 읽어달라고 슬쩍 말을 걸면, 결국 두 사람은 아침까지 소설에 관해 이야기를 나누었다.

그런 일상의 풍경이 떠올랐다가 사라졌다.

어째서? 라고 준키가 중얼거렸다.

나쁘지 않았잖아, 지난 2년 동안. 네가 무슨 생각을 했는지는 모르지만, 제법 좋은 일도 있었잖아.

왜 그런 거야, 켄스케? 너는 왜….

계속 되묻는 순간에도 준키의 머릿속을 채우는 것은 사카에다 시게미치가 망가뜨린 가족의 모습이었다.

★

당시 고등학생이던 준키는 인간의 욕망을 막연히 생각해볼 때가 있었다.

준키에게는 올바르게 살고자 하는 욕망이 있었다.

사람으로서 올바르게, 고등학생으로서 올바르게, 반의 일원으로서 올바르게…. 다 셀 수도 없는 수많은 기준 속에서 인정받는 사람이 되고 싶었다. 때로는 답답한 그 올바름을 다른 사람에게 강요했다가 고루하다고 눈총을 받더라도.

힘이 있어서 의지가 되는 남자, 연애나 동아리 활동을 지혜롭게 병행하는 고등학생, 고민하는 친구를 따뜻하게 응원하는 급우. 누군가가 그런 사람이 되라고 했다면 반발했을 것이다. 하지만 준키는 그런 사람이 되고 싶다는 자신의 욕망에서 도망치지 못할 때가 있었다. 한창 사춘기이던 중학생 때는 남들과 다른 인생을 살겠다고 다짐했지만, 그 역시도 올바른 남다름을 꿈꾼 것에 지나지 않았다.

창피하다는 생각은 하지 않는다.

정도의 차이는 있어도, 누구나 비슷한 욕망을 품으니까.

적어도 준키의 가족은 모두 그랬다.

아버지는 가족을 위해 열심히 일했고, 어머니는 집을 관리했다. 남자도 집안일을 해야 하는 시대가 찾아오자, 아버지는 서투른 솜씨로나마 빨래를 돕기 시작했다. 준키도 열심히 공부했고, 가끔은 가업인 출장 요리 전문점 일을 도왔다. 매일 말로 표현하지는 않았어도 각자 나름대로 가족을 사랑했다. 함께 올바른 가족을 만들어냈다.

누가 시킨 것도 아니었다. 힘들지도 않았다. 편안했다.

하지만 사카에다 시게미치 때문에 가족의 형태가 변하기 시작했다. 아버지가 집요한 협박을 받아 오랫동안 운영하던 출장 요리 전문점을 접었을 때, 가족의 올바른 형태가 무너지기 시작했다.

아버지는 직장을 금방 구하지 못했다.

그가 어떤 일을 하려고 했는지는 준키도 모른다. 그러나

매일 밤 몸을 웅크린 채 술을 마시던 모습을 떠올리면, 아등바등하며 직장을 찾으려고 애쓴 것 같다. 평생 자영업밖에 해보지 않은 50대를 사람들이 어떤 눈으로 봤을지, 고등학생이던 준키는 상상할 수 없었다.

아버지와 어머니는 준키를 걱정시키지 않으려고 애써 밝은 척했다. 하지만 준키는 이따금 통장을 들여다보며 얼굴이 창백해지는 두 사람의 모습을 알고 있었다.

말했어야 했다.

부모님이 바라는 이상적인 아들의 모습에서 벗어난다고 할지라도.

어느 날 밤, 못마땅한 표정으로 TV를 보는 아버지에게 준키가 말을 걸었다.

"난 대학 안 갈래. 공부하기 싫어."

거짓말이었다. 원하는 전공을 정해두지는 않았지만, 대학교에서 전문 분야를 갈고닦아 스스로 자긍심을 느끼고 싶다는 바람은 있었다.

아버지는 시원스럽게 웃었다.

"걱정하지 마. 돈은 신경 쓰지 말고 공부만 열심히 해."

그렇게 호언장담했다.

결국 그 말에 기대고 말았다. 부모님을 믿고 기대에 부응하기 위해 열심히 공부했다. 올바른 아들의 모습을 연기했다. 그 행동이 아버지에게도 똑같은 올바름을 강요하는 것인 줄 모른 채.

준키는 우연히 아버지의 방에 들어갔다가 그가 새로 시작한 비즈니스가 무엇인지 알게 되었다.

'누구든 할 수 있는 쉬운 인터넷 투자 강좌.'

그렇게 이름 붙은 자료가 책상에 놓여 있었다.

아버지는 강좌 수강생이 아니었다. 강사였다.

자료를 죽 읽어 보니 어린 준키도 그게 어떤 일인지 알 수 있었다.

아버지는 도쿄대 경제학부 출신으로 위장해 주부층을 대상으로 투자 세미나를 열었다. 무료 지도라는 명목으로 순진한 사람들에게 도박이나 다름없는 투자를 종용했다. 투자에 성공하면 세미나 비용을 걷었고, 실패하면 교재를 사게 했다.

고등학생도 알 만한 저열한 수법이었다. 사기나 다름없는 비즈니스였다.

머리로는 알고 있었다.

그는 올바른 아버지가 되고 싶어 했다. 가족을 떠받치는 가장으로서 사명을 다했다.

—못 본 척 넘어가면 우리 가족은 유지될 거야.

내가 이상적인 아들을 연기하면, 부모님도 각자 맡은 역할을 완수할 수 있을 거야. 눈을 감고 아버지 방에서 나가기만 하면 돼.

그런데 준키의 머릿속에 아버지를 협박하던 남자가 스쳐 지나갔다.

약자에게서 돈을 뜯어내는 비열한 목소리.

그래서 준키는, 집에 돌아온 아버지에게 모욕적인 말과 함께 주먹을 날렸다.

가족을 망가뜨린 사람은 타테이 준키 자신이었다.

격렬한 싸움 끝에 아버지는 떠나기를 택했다. 그는 가족을 위해 어쩔 수 없었다는 주장을 끝까지 굽히지 않았다. 준키는 그의 인간성을 부정하는 말을 내뱉었다.

어머니는 자주 나무랐다. 꼭 그렇게 말해야 했냐고.

다르게 말할 수도 있었을 것이다. 인정한다. 하지만 그럴 수가 없었다.

준키의 부족한 어휘력과 미숙한 인격으로는 아버지에게 소리를 지르는 것밖에 방법이 없었다. 아버지에게도 나름의 이유가 있었다는 것을 안다. 하지만 입 밖으로 튀어나오는 말을 막을 수는 없었다.

후회는 커져만 갔다.

켄스케를 만난 지금이라면 말할 수 있을 것 같은데.

훌륭한 아버지가 아니어도 괜찮아.

세상의 기준에서 조금 벗어난 가족이어도 괜찮아, 라고.

지금이라면, 조금 더 성숙하게 말할 수 있을 텐데.

★

원흉인 사카에다 시게미치를 향한 증오는 사라지지 않았다.

공갈죄로 체포됐을 당시, 사카에다는 관공서 계약직이었다고 한다. 조사해 보니 계약직이 받는 돈은 최저임금과 큰 차이가 없었다.

풍족한 삶은 결코 아니었겠지만, 그것이 공갈을 정당화할 이유가 되지는 않는다.

그의 죽음을 기뻐하는 음습한 마음이 있었다.

하지만 준키의 마음속에서 그보다 더 큰 공간을 차지하는 감정은 분노였다.

사카에다 시게미치를 증오한다. 하지만…, 그래도 타카기 켄스케가 그를 죽여주기를 바라지는 않았다.

만약 준키에게 선택할 기회를 줬다면, 준키는 분신 생활을 이어나가자고 했을 것이다.

지금의 준키에게는 복수보다 켄스케의 분신으로 사는

삶이 중요했다.

설득했을 것이다. 계속 지금처럼 지내자고, 밝게 분위기를 띄우며.

계속 그의 분신으로 살고 싶었다.

그런데 어째서….

끝없이 묻고 또 묻다가 허기를 느꼈다. 생각해보니 아침부터 아무것도 먹지 않았다. 냉장고 안에는 채소 주스와 냉동식품이 가득했다. 전부 켄스케가 사둔 것이었다.

속으로 켄스케에게 사과하며 냉동 파스타를 집었다. 포장 비닐을 벗기자 안에서 설명서가 나왔다. 마트에서 살 수 없는 배달 전용 제품이라 만드는 데 꽤 손이 가는 모양이다. 설명서를 읽는데, 말머리에 판매 업체가 적어둔 감사 인사가 적혀 있었다. 인터넷으로 주문해주셔서 감사하다는 내용이었다.

인터넷…. 그 단어가 마음에 걸렸다.

미네의 말이 떠올랐다.

'켄스케를 찾을 단서가 가장 많은 사람은 너 아니야?'

저도 모르게 목소리를 높였다.

왜 지금까지 이런 단순한 생각을 못 했을까.

준키는 자신의 어리석음을 한탄했다.

파스타를 다시 냉동실에 던져 넣고는 켄스케의 방으로

향했다.

타카기 켄스케는 인터넷에 의존해 살아가는 사람이었다.

책도 전자서적만 샀고, 음식도 항상 인터넷으로 주문했다.

택배를 보낸 곳이 과연 이 아파트뿐이었을까.

준키는 켄스케의 컴퓨터에서 그가 자주 이용하던 쇼핑몰을 찾아 접속했다. 다행히 자동 로그인된 상태라 비밀번호를 입력할 필요가 없었다. 켄스케가 사이트에 등록해놓은 주소를 찾아보았다.

거기에는 켄스케의 두 번째 집 주소가 있었다.

그곳은 준키가 사는 신주쿠에서 그리 멀지 않았다.

신주쿠역과 신오쿠보역 사이에 있는 작은 2층짜리 건물. 깔끔하다는 말과는 도저히 어울리지 않는 곳이었다. 번화가 근처라 그런지 공기가 탁했다. 아무리 가난해도, 자진해서 이곳에 살고 싶어 하는 사람은 없을 것이다.

준키는 타고 온 자전거를 건물 앞에 세워 두고 먼저 방을 확인했다.

이미 저녁 시간대였다. 외부 계단으로 2층에 올라가는데, 맞은편에 있는 건물이 석양빛을 가려서 문간이 훨씬 어두웠다.

목적지는 2층 가장 안쪽에 있는 호실이었다. 초인종을 눌러보았지만 묵묵부답이었다. 귀를 기울여보아도 아무 소리도 들리지 않았다.

그때 뒤에서 인기척이 들려 돌아보았다. 하지만 아무도 없었다.

기분 탓인가. 긴장한 탓에 감각이 지나치게 예민했다.

건물 입구로 되돌아가자, 쓰레기 수거에 관한 안내문이 보였다. 오른쪽 아래에 이 건물을 담당하는 관리회사의 전화번호가 적혀 있었다. 전화를 걸어 타카기 켄스케의 이름을 대고 열쇠를 잃어버렸다고 하자, 도보로 5분 거리에 있는 회사로 오라는 답변이 돌아왔다. 그 주소로 가서 타카기 켄스케의 신분증을 보여주고 여벌 열쇠를 받았다.

그 2층 안쪽 방으로 돌아갈 즈음에는 심장이 더 빨리 뛸 수 없을 만큼 빠르게 뛰었다.

어쩌면 거기에 타카기 켄스케가 숨어 있을지도 모른다. 아니면 요시다 마이가 살고 있을지도 모른다.

손에서 배어 나오는 땀을 바지에 닦으며 열쇠로 문을 땄다.

문을 밀었다.

무언가가 숙성된 냄새가 제일 먼저 코를 찔렀다. 천 냄새와 곰팡내가 뒤섞인 냄새. 현관에서는 광고지와 편지봉투가 흩어져 뒹굴었다. 문에 설치된 우편함이 가득 차서 밖으로 떨어진 모양이다.

아무래도 지금 이 집에는 아무도 살지 않는 것 같다.

봉해진 편지봉투를 발견했다. 자세히 보니 우체국 소인이 없었다. 누군가가 직접 가져다 넣은 편지인 듯하다. 꺼내 보았다. '돈 갚아'라고 휘갈겨 쓴 종이가 들어 있었다. 금융회사가 보낸 편지는 아닐 것이다. 준키는 그 글씨체를 어디서 본 것 같았지만, 구체적으로 어디서 봤는지는 떠오르지 않았다.

안쪽으로 들어가자, 세 평 남짓한 방이 나왔고 골판지 상자 두 개가 쌓여 있었다. 창문을 열고 방 안을 뒤졌다. 가구는 다리를 접었다 펼 수 있는 낮은 밥상과 문이 하나인 소형 냉장고가 전부였다. 냉장고 안에는 아무것도 없었다. 콘센트도 꽂혀 있지 않았다.

다음으로 벽장을 열어보니 이불이 들어 있었다. 이불은 두 채였다.

방 한쪽에는 요리할 수 있는 작은 공간이 있었다. '부엌'보다는 '가스레인지와 싱크대가 있는 곳'이라는 표현이 더 어울렸다. 그 아래쪽에 있는 수납공간을 뒤졌다. 젓가락 두 매, 포크 두 개, 찻잔 두 개.

틀림없다. 타카기 켄스케와 요시다 마이는 여기서 살았

다.

타카기 켄스케는 보육원을 뛰쳐나온 요시다 마이와 함께 이 허름한 집에서 동거를 시작했다. 그리고 수입에 여유가 생기자 새 아파트로 이사했다.

아무래도 켄스케는 창고로 쓰려고 계속 이 집에 세를 든 것 같다.

이 골판지 상자 두 개를 숨기기 위해서였을까.

골판지 상자는 약 1제곱미터의 정육면체였다. 약간 컸지만, 준키와 함께 사는 집에 두지 못할 크기는 아니었다. 굳이 월세까지 내면서 따로 보관한 이유는 이 상자를 준키에게 들키기 싫었기 때문이리라.

켄스케가 이렇게까지 노골적으로 숨겼다는 것을 알자 씁쓸했지만, 이제 와서 이러니저러니 불평할 때가 아니었다.

준키는 골판지 상자 뚜껑을 열었다.

첫 번째 상자에 든 물건은 옷이었다. 꺼내 보니 새하얀 카디건이 나왔다. 그 뒤에도 계속 여자 옷이 나왔다. 아마 요시다 마이의 옷인 것 같다.

두 번째 상자에는 잡동사니가 들어 있었다. 준키는 상자 한쪽에 놓여 있던 노트를 집어 들었다. 펼쳐보니 소녀의 글씨체 같은 동글동글한 글자가 적혀 있었다. 요시다 마이의 글씨일까. 초등학생용 참고서도 있었다. 켄스케는 가출한 요시다 마이에게 공부를 가르친 모양이다.

다른 책도 비슷한지 확인하려고 다시 손을 뻗으니, 스테이플러로 철해진 서류가 잡혔다.

그 종이 묶음 표지에는 '손쉽게 월 5만 엔 부수입! 누구든 소액 투자'라는 제목이 붙어 있었다.

준키의 입안이 급격히 건조해졌다.

"이건…."

준키가 예전에 본 아버지의 투자 세미나였다.

출장 요리 전문점을 접고 수상한 일을 시작한 아버지의 방에서 발견한 물건이었다.

어째서 이 종이가 요시다 마이의 소지품과 함께 있을까.

요시다 마이, 아니면 타카기 켄스케가 아버지의 투자 세미나에 참석했나?

준키는 상자를 엎어 물건을 전부 쏟아부었다. 다른 단서가 있는지 찾았다. 하지만 그 뒤에 나온 물건들은 요시다 마이가 사용했을 필기도구나 액세서리가 전부였다. 눈에 띄는 물건은 없었다.

더 얻을 수 있는 정보가 없는 것 같아 포기하려던 때였다.

희미하게 빛나는 무언가가 책 사이에서 비죽 튀어나와

있었다.

USB 메모리.

이 안에 아무것도 없으면 정말 끝이라고 생각하며 USB 를 주머니에 넣었다.

준키는 골판지 상자 속 물건들을 제자리에 돌려놓을 시 간마저 아까워서 그대로 두고 집을 뛰쳐나갔다.

자전거를 달려 아파트로 돌아온 뒤 컴퓨터로 USB 메모 리를 확인했다. 안에는 파일 네 개가 들어 있었다.

동영상 파일 세 개, 그리고 텍스트 파일 하나.

텍스트 파일 제목은 '《말뚝》 초안'.

본 적 없는 글이었다. 켄스케가 준키에게 보여준 것은 원 고뿐이었다. 아이디어 단계의 문서는 처음 본다.

그리고 영상이라….

대체 뭐가 찍혀 있을까.

텍스트 파일은 나중으로 미루고 먼저 동영상을 보기로 했다.

헤드폰을 끼고 첫 번째 영상을 틀었다.

화질이 좋지 않았다. 스마트폰으로 촬영했는지 영상이 계속 흔들렸다. 장소는 어둑한 실내였다. 다다미가 깔린 방 이었고, 쓰레기가 여기저기 나뒹굴었다. 영상을 찍는 사람은 더러운 방을 돌아다니며 불만스럽게 구시렁거렸다.

카메라는 몇 분쯤 어지러운 방을 비추다가 화면 끝에서 무언가를 포착했다. 영상 촬영자는 바닥보다 한 단 높은 곳에 카메라를 두고 대상이 잘 나오도록 고정했다.

화면 중앙에는 소녀가 있었다. 공허한 눈으로 카메라를 본다. 소녀는 꽃무늬 파자마를 입고 있었다. 초등학교 3, 4학년도 안 되어 보이는 어린 여자아이였다.

불길한 예감이 들었다.

영상 촬영자는 카메라 각도가 만족스러운지 카메라에서 손을 뗐다. 화면에 드디어 영상을 찍던 사람의 모습이 비쳤다. 남자였다. 위에는 티셔츠를 입었는데, 하반신에는 아무것도 걸치지 않아 성기가 그대로 드러나 보였다.

더는 못 보겠다.

준키는 영상을 멈추었다. 구역질이 났다. 심호흡하며 마음을 진정시켰다.

각오를 다진 뒤에 빨리 감기로 영상을 띄엄띄엄 확인했다. 한순간도 눈 뜨고 볼 수 없었다. 소리를 껐는데도 중간에 몇 번이나 위장 속 내용물을 토해낼 뻔했다.

영상 세 개가 전부 똑같았다.

성인 남성이 한 소녀와 성관계를 한다. 그런 영상이 약 30분.

구체적인 행위는… 전부 기억에서 지우고 싶다.

가슴속에서 깊은 혐오감이 올라왔다.

발악하며 소리치고 싶은 감정을 억누르며 주먹으로 책상을 내리쳤다.

하지만 그 영상은 준키에게 중요한 정보를 제공했다.

"사카에다 시게미치와 요시다 마이였어…"

영상 속에 있던 사람은 틀림없이 사카에다 시게미치였다.

소녀는 요시다 마이가 분명하다. 이사키가 보여준 사진보다는 어려 보였다. 그녀가 보육원에 들어가기 전에 찍힌 영상인 듯하다.

사카에다 시게미치와 요시다 마이 사이에는 연결고리가 있었다.

이상하다. 그 당시 마이는 집 밖으로 나갈 수 없었다고 했다. 사카에다는 요시다 마이의 어머니와 사귀는 사이였나?

준키는 심연으로 꺼져 들어가는 기분을 견디며 영상을 빠른 속도로 재생했다. 도저히 제대로 볼 자신은 없었고, 그들이 도중에 무슨 말이라도 하는지 확인하려고 입만 주의 깊게 보았다.

요시다 마이는 시종일관 말이 없었다. 고장 난 인형처럼

이불 위에 누워 있었다. 그런데 사카에다 시게미치가 한차
례 만족한 뒤 힘이 빠지자, 마이의 입이 미세하게 움직였
다.

준키는 마이의 입이 움직이는 부분까지 영상을 되감고
음량을 키웠다.

'돈…'

처음 들은 요시다 마이의 목소리였다.

심장이 맹렬하게 요동쳤다.

가냘프게 중얼거리는 그 목소리를 듣자, 준키의 눈에서
눈물이 흘러나왔다.

줄곧 기세등등하던 사카에다가 갑자기 당황한 기색을
보였다. 아무래도 그는 요시다 마이에게 갚을 돈이 있었나
보다. 마이에게 연신 부탁을 한다. 돈 나올 구석이 있으니
엄마한테 직장으로 전화하지 말라고 말 좀 해줘. 어지간히
빚 독촉에 시달린 모양이다. 요시다 마이에게 말을 전해달
라고 거듭 부탁하더니 밥이라도 먹으러 갈까, 하며 비위를
맞추기 시작했다.

요시다 마이의 어머니는 딸에게 매춘을 시켰고, 사카에
다 시게미치는 손님이었다.

USB에 들어 있던 영상이 너무나 확실한 증거였다.

켄스케는 그 사실을 알고 그녀의 어머니를 죽인 것일까.

그리고 그로부터 약 5년의 세월이 흐른 지금, 교도소에서 나온 사카에다 시게미치를 매장한 것일까.

하지만 여전히 의문이 남는다.

타카기 켄스케는 왜 이렇게까지 요시다 마이에게 집착할까.

확실히 그들의 행동은 추악하다. 그들은 요시다 마이를 학대했다. 그녀의 어머니는 딸을 지적장애인으로 속여 학교에도 가지 못하게 만들었다.

아무리 그래도, 켄스케가 왜 그런 중죄를 저질렀어야 했나.

영상에서는 옷을 다 갈아입은 사카에다가 그제야 생각났다는 듯 카메라로 손을 뻗었다. 화면이 크게 흔들리더니 방 전체가 비쳤다. 사카에다 시게미치의 추한 얼굴이 클로즈업된 뒤에 영상이 끝났다.

순간 눈에 익은 무언가가 화면에 비쳤다. 영상을 되감았다.

카메라가 방 전체를 잡았을 때, 창문이 보였다. 거기서 영상을 멈추자, 그 방에서 보이는 풍경이 드러났다. 앞쪽에 독특하게 생긴 붉은색 삼각 지붕이 보였다.

어디선가 본 적이 있다. 준키는 천천히 기억을 더듬었다. 바로 며칠 전에 그 붉은 지붕을 보았다.

—타카기 켄스케가 유소년기에 살던 집 앞.

그 기억에 도달하자, 순식간에 온몸의 핏기가 가셨다.

요시다 마이가 왜 타카기 켄스케의 옛집에서 매춘을 했을까.

감정이 결론을 따라가지 못했다. 준키는 이성에 기대어 겨우겨우 스마트폰을 꺼내서 전화를 걸었다. 연결되지 않았다. 이번에는 그의 직장으로 전화를 걸었다. 무례한 행동이라는 생각이 들었지만, 어떻게든 당장 확인하고 싶었다.

전화를 받은 직원이 준키가 찾는 상대를 불러 전화를 바꿔주었다.

"미네 씨…." 준키의 입에서 목소리가 새어 나왔다.

수화기 너머에서 미네가 불평했다. 아주 바쁜 듯해서 준키는 요건만 간단히 전달했다.

"켄스케의 원래 성이 뭐였는지 가르쳐주세요."

준키가 이어서 강조했다.

"켄스케는 미네 씨를 만난 이후에 타카기 테츠야에게 입양됐잖아요. …미네 씨를 처음 만났을 때는 성이 달랐을 거예요."

미네는 기억이 얼른 떠오르지 않는 듯했다. 뭐였더라, 하면서 신음을 뱉었다.

준키가 답답해서 먼저 말을 꺼냈다.

"…요시다는 아니죠?"

부정해주기를 마음속으로 빌었다.

불쾌하다는 듯, 무슨 소리야? 라고 나무라주기를 바랐다.

미네는 경쾌하게 대답했다.

"아, 맞아. 나랑 처음 만났을 때, 그 녀석 이름이 요시다 켄스케였어."

모든 수수께끼를 연결하는 답이었다.

친부를 죽인 첫 번째 살인, 요시다 마이의 어머니를 죽인 두 번째 살인, 사카에다 시게미치를 죽인 세 번째 살인, 그리고… 타카기 켄스케가 앞으로 저지를 네 번째 살인도 전부 한 가지 답으로 연결되었다.

동생이다. 타카기 켄스케는 하나뿐인 여동생을 위해 살인마가 되었다.

준키는 걷잡을 수 없이 흐르는 눈물을 닦았다. 마지막으로 남은 텍스트 파일을 다 읽고는 울면서 밖으로 뛰쳐나갔다.

켄스케가 있는 곳을 향해, 필사적으로.

《말뚝》 초안'에는 타카기 켄스케가 느낀 고통과 함께 마지막 표적이 적혀 있었다.

《말뚝》 초안

서투른 글자가 노트에 가득했다.

그녀는 심각한 표정으로 열심히 받아쓰기를 한다. 내가 쓴 한자를 따라 쓴다. 그녀의 일과였다. 최근에 본 건 뭐야? 라고 내가 묻자, 그녀는 생각에 잠겼다. 수도꼭지, 라고 대답한다. 지금 눈에 보이는 것을 그대로 말한 것 같다.

'수도', '흐르다'···. 나는 그 단어들을 흰 종이에 적었다.

그녀도 똑같이 볼펜을 움직였다. '흐르다'를 뜻하는 류(流) 자를 적으며 애를 먹었다. 글자의 균형이 맞지 않았다. 단추를 잘못 끼운 옷처럼 모양이 이상했다.

그녀가 흐음 하며 고민하는 소리가 세 평짜리 원룸에 울려 퍼졌다.

평온한 시간이 흘러갔다.

비쳐드는 저녁 햇살이 집 안을 주황빛으로 물들이며 그녀의 눈동자를 선명하게 밝혔다. 나와 그녀의 작은 왕국이 밤을 맞으려 한다. 어두워지면 나는 밖으로 나가야 했다.

이제 그만할래, 하며 그녀는 테이블에 엎드렸다.

나는 고개를 끄덕였다. 그녀의 머리를 쓰다듬으며 격려했다. 마지막으로 하나만 더 쓰고 쉬자, 하면서. 어떤 한자가 좋을까. 지금의 그녀와 어울리는 아름다운 단어가 좋겠다.

그녀는 고민하는 나를 기다리지 않고, 혼자 글자를 쓰기 시작했다.

그리고 뽐내듯 노트를 보여주었다. 두 개나 썼다고 자랑한다.

'요시다 켄스케' 그리고 '요시다 마이'.

그 서투른 글자를 보고 있자니, 나는 옛 기억이 떠올랐다.

★

그녀는 기억하지 못할 것이다. 우리에게는 이름이 없던 시기가 있었다.

당시의 나는 아무런 의욕도 없었다.

그저 좁은 집에 틀어박혀 지냈다. 먹을 것이 생기면 먹고, 배설하고, 허기를 느끼며 잠들었다. 조건 반사적으로 살았다. 마치 철창에 갇힌 실험용 쥐처럼.

내가 아는 세상은 아주 좁았다.

식빵 봉지를 동여매는 하늘색 클립, 곰팡이 핀 속옷, 구겨진 피자 광고지, 씹어서 찌부러뜨린 페트병 뚜껑, 기름 범벅인 일회용 플라스틱 쟁반, 잘게 찢긴 종이팩, 신문지를 작게 접어 만든 예술품 미만의 무언가.

나는 아주 어릴 때부터 쓰레기더미에서 살았다. 주린 배를 달래는 것이 유일한 임무였다. 엄마가 주워온 신문지를 잘게 찢으며 허기로부터 눈을 돌렸다. 어느새 그것이 습관이 되었다. 잠시나마 배고픔을 잊을 수 있었다. 엄마는 내가 신문지를 갖고 노는 것을 좋아한다고 착각하는 것 같았다. 사실 신문지를 집어삼키고 싶은 충동을 참는 줄은 꿈에도 몰랐을 것이다.

엄마는 가끔 라면을 주었다. 봉지 안에 든 면을 부숴서 입에 넣었다. 분말수프는 손가락에 찍어 핥아 먹었다. 다르게 먹는 방법이 있다는 것을 몰랐다.

가끔 먹을 수 있는 특식으로는 가루우유가 있었다. 소중하게 아껴 먹었다. 물을 넣고 반죽해서 동그랗게 만들면 핥을 때마다 단맛이 났다.

그 더할 나위 없는 행복도 순식간에 사라졌다.

끊임없이 배고픔이 몰려왔다. 엄마는 좀처럼 집에 오지 않았다. 이틀에 한 번이나 사흘에 한 번 집에 와서는 약간의 먹을 것과 날짜 지난 신문을 두고 사라졌다. 나는 엄마가 변덕스럽게 두고 가는 식빵이나 라면을 능숙하게 나누어 엄마가 다시 돌아올 때까지 견뎠다. 자꾸만 졸라대는 주린 배를 움켜쥐고.

먹을 것이 떨어진 날에는 페트병 뚜껑을 씹어 댔다.

저녁이 되면 창밖에서 웃음소리가 들려왔다. 나와 비슷한 체격의 아이들이 큰 책가방을 등에 메고 웃는다.

분명 그 아이들은 특별한 존재일 것이다.

부러워하는 법조차 모르는 나는 텅 빈 배를 손가락으로 꼬집었다.

엄마는 이따금 내게 '청소'를 하라고 했다.

내 몸이 자랄수록 고함치는 일이 잦아졌다. 쓰레기더미에서 사는 참상을 내 탓으로 돌리며 몇 번이고 머리를 때렸다. 온종일 집에 있는 주제에 게을러빠졌다면서.

나는 사과했다. 게을러빠져서 죄송해요. 이불 위에 놓인 휴지와 종이가방을 옆으로 치웠다. 그러다 나는 또 머리를 맞았다. 또 잘못했다고 하고는 같은 실수를 반복했다.

엄마는 모른다.

깨끗한 집이 어떤 것인지 모르는 사람은 청소를 할 수도 없음을.

내가 보는 세상은 항상 더러운 것으로 넘쳐났다.

썩은 내로 가득한 집에서 나가본 적도 없으니까.

내게 청소를 시키던 날, 엄마는 남자를 집에 데려왔다.

한밤중에 악취를 풍기는 남자와 함께 귀가했다. 나는 늘 그렇듯 이불 속에서 자는 척했다. 벽장에 들어갈 수 없을 만큼 몸이 성장한 뒤로 생긴 습관이었다. 무슨 일이 있어도 나는 눈을 뜨지 않았다. 미동조차 하지 않았다. 죽은 사람처럼 가만히 있었다.

그들이 옆에서 무슨 짓을 하든 반응하지 않았다. 그저 그 자리에 있는 벽이 되었다. 궁금해하는 것조차 내게는 허락되지 않았다.

엄마와 남자는 나를 조금도 신경 쓰지 않았다.

역시 꿈에도 모르는 것이다.

내가 주린 배를 달래려고 낮에 잔다는 사실을.

밤에는 덮쳐오는 허기감 때문에 잠들지 못한다는 사실을.

이불 끝을 입안에 욱여넣으며 새벽을 기다렸다.

귀를 막으면 아무 소리도 들리지 않을 거야. 그렇게 자기 최면을 걸었다.

두 사람의 목소리가 그치자, 엄마는 나를 다정하게 쓰다듬었다. "조금만 참으면 돼."라고 속삭이면서.

그 손의 온기를 느낄 때만은 마음이 편안했다.

그 고통이 끝나지 않으리라는 것을 알고 있었다.

엄마는 어떤 남자에게서 도망치는 중이었다.

TV에 비친 세상을 보던 때. 엄마는 허벅지에 든 멍을 문지르며 슬픈 얼굴로 '남편'이라는 사람을 피해 도망쳤다고 가르쳐주었다.

엄마는 내 머리를 만지며 기도했다.

내일은 오늘보다 불행하지 않게 해주세요.

몇 번이고 똑같이 빌었다. 마치 빌기만 해도 원하는 바를 이룰 수 있다는 듯이.

밤중에 눈을 뜨자, 엄마가 쓰러져 있었다.

엄마를 본 건 나흘 만이었다. 엄마의 가방에서 빵을 발견해 정신없이 먹었다. 그것 말고는 아무 생각도 할 수 없었다. 게걸스럽게 먹어 댔다. 허기가 가시고 나서야 겨우 이성을 되찾고 엄마를 관찰했다.

불은 켜져 있었다. 엄마는 이불 위에 누워 있었다. 화장이 지워져 얼룩덜룩했다. 특히 눈 주변에 마스카라가 번져서 얼굴이 말이 아니 었다.

행복이 찾아오지 않으리라는 것을 짐작할 수 있었다.

엄마는 배를 붙잡은 채 몸을 웅크리고 있었다.

문득 신경이 쓰여 엄마의 배를 만져보았다. 타오르는 듯한 열기가 느껴졌다.

동생이 태어나 버렸다. 화장실 욕조에서.

나는 엄마가 시키는 일을 했다. 사람 체온만큼 따뜻한 물을 받아 서 여동생을 씻겼다. 조심스럽게 만지면 동생이 엄청난 힘으로 손을 밀어내서 힘을 조절하기가 어려웠다.

동생은 앞뒤 가리지 않고 큰 소리로 울어 젖혔다. 그렇게 작은 몸 에서 나왔다고는 믿기 어려운 성량으로.

나는 조용히 하라고 애원했다.

소리를 내면 안 된다. 엄마가 정한 규칙이었다. 규칙을 어기면 엄마 가 손수건을 입에 쑤셔 넣는다. 불쾌해서 토할 것 같긴 해도, 목소리 는 낼 수 없게 된다.

하지만 그녀는 끊임없이 울어댔다. 얼른 손수건을 찾았다. 주황색

천으로 손을 뻗었다. 자그마한 그녀를 보았다.

숨을 못 쉬려나. 너무 심한가…. 그러다 고쳐 생각했다.

아니, 차라리 그게 나을지도 몰라.

나는 고개를 들었다. 쓰레기 틈으로 썩은 바닥이 보이는 집 안을 죽 둘러보았다.

이 세상에서, 자그마한 그녀가 행복해질 일은 절대 없을 것이다.

틀림없이 이름을 얻지 못할 것이다.

이름 없는 동물의 운명은 뻔하다. 병원에 갈 수 없다. 학교에 다닐 수 없다. 집에서 한 발짝도 못 나가고 허기와 싸우며 썩어 문드러진 집에서 살아간다. 다른 사람에게 발각되면 엄마의 친척이라고 둘러댄다. 창밖으로 아이들을 바라본다.

나는 알고 있었다.

엄마에게도, 나에게도, 그녀에게도, 행복한 미래는 오지 않는다. 우리는 모두 불행을 향유할 뿐이다.

나는 손수건을 그녀의 입으로 가져갔다. 엄마에게는 한눈판 사이에 동생이 멋대로 손수건을 삼켰다고 변명하자.

입을 막으려고 할 때였다.

그녀가 그 작은 입으로 내 손가락을 물었다.

그 열기와, 치아가 없는 입안에서 느껴지는 심장 박동이, 내 몸의 중심을 흔들었다.

그때 느낀 감동은 말로 다 표현할 수 없다.

─작고, 덧없고, 아름다운 영혼이 있다.

강렬하게 깨달았다.

당황스러웠다. 그녀의 투명한 눈동자를 보자 탄성이 터져 나왔다.

넋을 잃고 바라보았다. 그 깨끗한 눈을.

정신이 나간 것처럼 계속 그녀를 볼 수밖에 없었다.

암흑 속에 홀연히 불이 켜진 것처럼.

마른나무로 가득하던 산에 갑자기 꽃이 핀 것처럼.

회색 구름 사이로 푸른 하늘이 고개를 내민 것처럼.

쓰레기밖에 없는 세상에 아름다운 영혼이 있음을, 처음으로 알았
다.

지켜야 한다. 그렇게 강한 충동에 휩싸였다.

그녀에게는 이름이 필요하다.

이 깨끗한 영혼을 더럽히면 안 된다.

한 달 뒤, 우리는 이름을 손에 넣었다.

이름…. 그것이 호적이라는 것을 당시의 나는 몰랐다.

★

"왜 그래?"

그녀가 물었다.

내가 오랫동안 입을 다물고 있던 탓이다. 괜히 걱정을 끼쳤다. 노트에 적힌 이름을 보고 회상에 잠기고 말았다.

"아무것도 아니야."

나도 지쳤나 보다. 오랜만에 찾아온 휴일마저 그녀와 공부하는데 써 버렸으니 그럴 만도 하다.

다음에는 제대로 잠을 자야겠다.

그녀가 크게 하품했다. 받아쓰기를 해서 피곤한가 보다. 그녀는 투덜거리면서 저녁 준비를 시작했다. 오늘 그녀가 식사 당번이었음을 떠올리며 그 등을 물끄러미 바라보았다.

열두 살 난 여동생이 여기에 있다.

우리가 있는 곳은 2층 건물.

집 위치는 2층. 세 평짜리 일본식 원룸. 화장실과 욕실 일체형. 벽장 있음. 온수기 있음. 세탁기 놓을 자리는 없음. 가스레인지는 있지만, 어째서인지 환기구는 막혀 있다. 냄새가 빠져나가지 않는다. 요리하면서 환풍기를 돌리면 연기가 방 안에 퍼진다.

역까지는 걸어서 15분. 선로까지는 걸어서 5초. 열차가 지나가면 창문이 덜커거리고, 진동 때문에 수도 시설이 멈춘다.

그래도 예전에 우리가 살던 그 세상과는 달랐다. 집이 정리되어 깔끔했다. 그리고 무엇보다 동생의 표정이 편해 보였다.

우리의 작은 왕국.

그 쓰레기장 같은 집에서 탈출했다. 보육원을 나온 그녀와 함께

이 왕국을 세웠다. 이제 그 시절의 삶과는 다르다.

틀림없이 그렇다.

머리로는 아는데….

"정말 왜 그래? 멍해 가지고."

그녀가 돌아보았다. 닭이 든 팩을 오른손에 들고, 왼손에 배추를 든 채.

"아니." 잠시 망설였다. "불안해. 우리가 정말 그 집에서 탈출한 게 맞나 싶어서. 아직도 거기에 사로잡혀 있는 것 같아."

그녀는 눈을 끔뻑이더니, 또 뜻 모를 소리를 한다면서 웃어넘기고 즐겁게 콧노래를 부르며 음식을 만들었다.

나는 채소 써는 그녀를 계속 바라보았다.

밤이 되면 아르바이트를 하러 나갔다.

신주쿠역 동쪽 출구에 있는 작은 술집. 맥주 한 잔에 250엔.

고용계약서조차 쓰지 않은 불법 아르바이트.

난폭한 점장은 자주 내게 손찌검을 했다. 동료가 실수하면 연대책임이라며 때렸다. 어깨를 때렸고, 허벅지를 걷어찼다. 뜨거운 프라이팬을 얼굴에 들이대며 협박 섞인 말을 던졌다.

대들 수 없는 이유는 딱 하나. 점장이 집 보증인이라서였다.

미성년자는 성인의 도움 없이 집을 구할 수 없다.

점장이 어떤 가혹한 일을 시켜도 따를 수밖에 없었다. 최저임금에 한참 못 미치는 월급을 받더라도.

점장에게 대들면 둘만의 왕국이 무너져 버린다.

매일 몸이 너덜너덜해지도록 일하고 아침 해가 뜰 때쯤 집에 돌아 갔다. 몽롱한 정신으로 동생 옆에 쓰러졌다. 죽은 것처럼 몸을 웅크 렸다.

지칠 대로 지친 몸이 긴 휴식을 요구했다. 그 요구를 이성으로 거 부하며 기상 시간을 머리에 새겨 넣었다. 수명이 조금 짧아져도 괜찮 다.

아무리 힘들어도 나는 쉴 시간이 없다.

나는 소설을 쓰기로 했으니까.

아무리 그럴듯한 말로 포장해도 내 행동은 '유괴'에 불과했다. 경 찰이나 아동상담소가 이 사실을 알면 나와 그녀를 떼어 놓을 것이 다.

목숨이 위태로울 정도로 세상과 어긋난 그녀가 평범한 사회에서 살아갈 수 있으리라는 생각은 들지 않았다.

우리의 생활은 아슬아슬하게 유지되었다.

둘이서 산 지 3개월이 된 어느 날.

그녀가 아팠다.

나는 병원에 데려갈 수 없었다.

사람들은 건강보험증도 보호자도 없이 병원에 온 소녀를 어떻게 볼까.

나는 고통스럽게 기침을 토하는 그녀의 옆에 계속 붙어 있었다.

그것 말고는 할 수 있는 일이 없었다. 최악의 오빠였다.

우리는 경찰서에도 병원에도 기댈 수 없다.

그야말로 독립된 왕국이었다.

겉으로는 밝은 척하는 그녀도 우리의 형편이 얼마나 어려운지 알고 있었나 보다. 그녀가 내 스마트폰으로 몰래 검색한 수상한 사이트를 발견한 적이 있다. 돈을 벌기 위한 정보 사이트나 세미나 같은 것이었다.

당연히 초조했을 것이다. 이렇게 아슬아슬한 삶이니까.

그래서 나는 계속 소설을 썼다.

아무리 졸려도 정오가 되기 전에 기상했다. 두 사람 몫의 점심을 만들고 스마트폰에 깔린 문서편집 앱을 열었다. 무료 소프트웨어에 글자를 입력했다. 세 시간을 들여 그날 쓴 소설을 다시 읽었다. 원고를 인터넷에 올렸다.

그녀와 살면서도 그 쓰레기장에 있는 것 같은 착각이 드는 밤이 있었다. 마음이 그곳에 붙잡혀 있었다. 몸에 밴 냄새처럼 도망갈 수 없는 속박.

그러니 그녀와 함께 나아가야 한다. 우리가 세운 왕국 밖으로.

★

그녀가 네 살일 때, 우리는 떨어져 지내게 되었다.

어쩔 수 없는 비극이었다.

어머니는 아버지가 사망한 화재 현장에 있던 나를 아주 불길하게 여겼다. 존재하지 않는 아이로 취급했다. 나는 친척에게 입양되어 '타카기 켄스케'라는 이름을 얻었다. 그녀는 아버지가 죽자 '요시다'로 살게 되었다.

그녀를 다시 만난 것은 6년 후.

내가 열일곱 살, 그녀가 열 살일 때였다.

한시도 잊은 적이 없다. 하지만 나는 그녀에게 다가가지 않았다. 나는 존재만으로도 어머니에게 민폐였다. 어머니는 나를 혐오했고 정신적으로도 불안정했다. 나를 친척에게 맡기던 당시에는 일도 하지 못했다.

그런데도 만나러 가고 말았다. 나이를 속여 숙박 시설에서 일하던 당시, 동료가 여동생 자랑을 늘어놓았다. 그리움을 참을 수 없었다. 내가 누구인지 밝힐 마음은 없었다. 대화를 나눌 생각도 없었다. 어머니에게 들키지 않도록 평일 낮에 멀리서 그녀가 사는 집을 보고 올 생각이었다.

그런데 그날… 나는 창가에 선 그녀와 눈이 마주쳤다.

빛을 잃은, 공허한 표정이었다.

과거의 나와 똑같은 눈동자.

나는 그녀가 학교에 다니지 않는다는 사실을 깨달았다.

어머니의 장례식 날, 그녀는 눈물을 흘렸다.

내가 내린 결단은 그녀에게 미리 이야기해두었다. 후회는 없었다. 다른 방법이 없었다. 어쩌면 그렇게 합리화했을 뿐인지도 모르지만.

그녀는 어머니의 사진을 끌어안고 목 놓아 울었다.

장례식에는 어머니와 똑같은 향을 풍기는 사람들이 찾아왔다. 모두 하나같이 슬퍼하며 그녀에게 위로의 말을 건넸다. 어머니에게도 친구가 있었다는 사실을 새삼 깨달았다.

나는 장례식장에서 조금 떨어진 곳에 우두커니 서 있었다.

돌아가신 어머니의 명복을 조용히 빌었다.

★

그녀와 함께 도달한 왕국에서 강하게 염원했다.

누군가가 우리를 발견해주기를….

구해주기를. 그것이 욕심이라면, 불쌍히 여겨주기를. 동정하는 눈빛에 성낼 자존심 따위는 진작에 버렸으니까.

기도만 하던 어머니와 다를 것이 없었다. 내 모습이 보였다. 도피하듯 소설을 썼다. 점장에게 맞았다. 난동 피우는 손님을 막다가 손톱에 긁혀 상처가 났다. 똑같이 갚아주고 싶은 충동을 참았다. 보잘것없는 월급을 받았다. 어지럼증을 느끼기 시작했다. 그녀가 나를 격정했다. 나는 돈을 걱정하는 그녀를 타일러 공부시켰다. 야위어 볼이 움푹 패었다. 그녀의 어깨를 끌어안았다. 소설을 썼다. 한 줄이라도 많이. 전기히터가 고장 났다. 기도했다. 어머니와는 다르다고 스스로 다독였다. 그러면서도 기도할 수밖에 없었다.

스마트폰을 꽉 쥐었다. 스마트폰이 없으면 살 수가 없다. 내가 입은 옷은 저가 브랜드에서 대량으로 찍어낸 제품. 싸지만 깔끔하다. 신발은 오래 신었지만, 구멍이 나지는 않았다. 머리는 단정해 보이도록 짧게 잘랐다.

알아챌 리가 없다. 우리의 궁핍한 생활을.

섞여들고 녹아들어서 보이지 않는 것이다. 우리의 존재 따위는.

하지만 그래도 발견해 주기를…. 우리를 잊지 말아 주기를….

마음이 무너지는 날에는 기도했고, 그리고 매달렸다.

제발 누가 우리를 구해주세요….

"영화 보러 가자."

그녀가 광고지를 들고 왔다. 가까운 시민회관에서 열리는 고전 영화 무료상영회. 나는 거절했다. 그럴 여력이 없었다. 하지만 그녀가 졸라서 결국 갔다. 우리는 회의실에 철제 의자를 늘어놓아 그럴듯하게 꾸민 임시 행사장에서 그 영화를 보았다.

유쾌한 영화는 아니었다. 그녀가 보자고 하는 영화라서 코미디나 로맨스 장르일 줄 알았다. 그런데 가난한 가족의 삶을 찍은 영화였다.

나도 모르게 눈물이 났다.

"사실은 전에 TV로 이 영화를 본 적이 있어."

상영이 끝난 뒤, 그녀가 진상을 밝히듯 이야기해주었다.

그녀가 학교에 다니지 못하던 시절, 가끔 TV를 볼 수 있었다고 한다.

"내 이야기 같았어. 나 같은 애가 있다는 걸 보여주고, 다른 사람들도 알 수 있게 해줘서 꼭 내 일처럼 기뻤어. 그 순간, 난 구원받은 느낌이었어. 누군가가 나를 봐주고 있구나 싶어서."

그녀는 나를 가만히 바라보았다.

"오빠라면 그런 이야기를 쓸 수 있지 않을까?"

신의 계시 같았다. 이것일지도 모른다.

나는 안다. 그 쓰레기장에서 지내던 지옥 같은 나날을.

내가, 그리고 갓 태어난 생명이 여기 있음을 알아주기 바라며 울부짖던 날들을.

돈을 벌기 위해서만이 아니다. 동경했다. 애가 탈 정도로.

만약 그런 이야기로 우리처럼 세상이 잊어버린 아이들의 마음을 구할 수 있다면, 얼마나 멋질까.

우리의 왕국은 한계를 맞았다.

문밖에서 드문드문 욕설이 들려왔다. 불을 모두 끈 방이 깜깜해서 마음이 불안했다. 그녀는 내 등에 매달리듯 딱 붙어서 숨을 죽였다. 미안해, 라고 내게 연거푸 사과했다. 괜찮아. 나는 그녀를 위로했다.

그때부터 우리의 생활은 나락으로 떨어졌다.

마치 어릴 적 그 집으로 돌아간 것처럼.

탈출해야 한다.

써야 한다. 아무리 고되어도 상관없다.

그녀를 바깥세상으로 데리고 나갈 이야기를 만들어야 한다.

살을 깎고, 뼈를 갈며, 울면서, 나는 글을 썼다.

추위에 오른손이 곱아서 움직일 수 없으면 그녀가 손을 녹여주는 동안 왼손으로 글을 썼다.

그녀는 내 옆에서 고개를 내밀고 글을 읽었다. 한자를 찾으면서, 그녀는 종종 활짝 웃어 보였다.

공기마저 얼어붙을 듯 춥던 겨울날, 내 데뷔가 결정되었다.

동시에, 나는 가장 소중한 것을 잃었다.

왕국은 여왕을 잃었다.

그녀의 영혼을 밖으로 데리고 나가기 전에 사라지고 말았다.

나는 그녀의 몸을 덮은 흰 천을 멀리서 바라보았다. 역 플랫폼에 모여든 사람들이 그 참상을 향해 스마트폰을 들이댔다. 그칠 줄 모르는 셔터 소리가 박수 소리처럼 들렸다. 그들은 한차례 촬영을 마치고 자리를 떴다. 일상으로 돌아가는 것이리라. 이런 비극 따위는 없었다는 듯이. 모든 것을 잊고.

나는 집으로 돌아가 사흘 밤낮을 울었다.

눈물이 완전히 마르자, 그제야 움직일 수 있게 되었다.

나는 노트를 펼쳤다.

첫 페이지에 나와 그녀의 이름이 나란히 적혀 있었다. 그녀가 준 감동 덕분에 손에 넣을 수 있었던 보물. 세상에서 잊힌 우리를 인간으로 승화시킨 기호.

'요시다 켄스케'와 '요시다 마이'.

그 글자를 살며시 손으로 더듬었다.

잊어버리게 두지 않겠다. 세상이 너를 무시한다면, 내가 너를 세상에 새기겠다.

떠올리겠다. 선명하게.

내가 나 자신이 된 날을.

그리고 내가 택한 모든 수단을.

제 6 장

준키는 숨이 차도록 달렸다.

폐가 찢어질 것처럼 아팠다. 하지만 걸음을 멈추지 않았다. 일분일초라도 늦으면 타카기 켄스케는 돌이킬 수 없는 곳으로 사라질 것이다. 초조함이 몸을 움직였다.

머릿속에는 켄스케와 함께한 나날이 맴돌았다.

★

어느 겨울날이었을까.

"표정이 안 좋네."

켄스케가 대학교에 갔다가 돌아온 준키에게 말을 걸었다. 무언가를 눈치챘는지 산책하러 가자고 했다. 시간은 밤 열한 시가 넘었다. 산책보다는 배회라는 단어가 더 어울릴 시간이었다.

"무슨 일인데?"

기왕 나왔으니 새해 첫 참배라도 하려고 같이 신사로 향하는 길에 켄스케가 물었다. 검은 롱코트를 입은 켄스케는 주머니에 양손을 찔러넣고 걸었다.

"대단한 일은 아니야." 준키는 하얀 입김을 뱉었다. "대학교 선배가 자기계발 세미나에 빠졌어."

선배는 올라운드 대학 연합 동아리 소속이었다. 준키는 있는지도 몰랐던 동아리인데, 시간이 남아도는 젊은이들이 모여서 술을 마시거나 스노보드를 즐기는 단체였다. 그렇게만 설명하면 평범한 단체 같지만, 사실은 수상한 비즈니스의 온상이었다.

"게다가 들어보니까 거기서 진행하는 세미나가 심상치 않아. 중고거래 앱으로 한정판매 상품을 되팔거나 해외 사이트에서 무단으로 가져온 영상을 편집헤다가 광고 수입을 얻기도 하고, 돈이 좀 벌리면 졸부인 양 '대학교를 중퇴한 내가 한 달에 100만 엔 이상 버는 이유'라는 제목을 달고 무료 잡지를 발행해서 자기가 쓴 책을 팔아치운대. 그런 세미나에 참석하는 비용이 무려 5만 엔이라고 하더라고. 우스울 지경이야."

가능한 한 웃음을 섞어 말했지만, 켄스케는 조금도 웃지 않았다. 검은 눈동자를 앞쪽에 고정한 채 "그래서?" 하며 뒷이야기를 재촉했다. "넌 말렸어?"

"말렸지. 시답잖은 정보에 큰돈을 낸다는 건 애초에 재능이 없다는 증거라고 말해 줬어."

"신랄하네. 너답지 않게."

"그런데도 내 말을 안 듣더라."

준키는 한탄하듯 하늘을 올려다보았다.

선배는 끝까지 뜻을 굽히지 않았다. 계속 취업에 실패해서 우울해하는 선배를 세미나 강사가 잘도 구워삶은 모양이었다. 불어나는 학자금 대출, 일류 기업에 들어가지 못하는 자기 자신. 그 두 가지로 고민하던 선배는 악덕 기업과 연금 문제 같은 이야기를 들으며 세미나 강사를 맹신하게 된 것 같았다. 강사가 불안을 조장해서 다른 선택지가 없다고 선배를 세뇌한 것이다. 준키의 설득은 실패로 끝났다.

물론 선배가 어떤 인생을 살든 모두 그의 책임이기는 하지만….

손거스러미처럼 계속 마음에 걸렸다.

—아버지가 사라지던 날이 떠올랐다.

아무리 대화해도 서로 이해할 수 없어서, 행방을 감춰도 이상하지 않을 만큼 아버지를 궁지에 몰아넣은 과오의 날.

그때 켄스케가 입을 열었다.

"너는 역시 소설을 써야겠다."

"소설…?"

"혼자 모든 걸 해결할 수 없는 순간도 있는 법이야. 그럴 때는 다른 사람이 움직이게 만들어야 해. 대화든 연설이든 영상이든, 어떤 수단이든 좋아. 내게는 그 수단이 소설이야. 너는? 가슴에 맺힌 그 감정을 어떻게 처리해?"

켄스케가 살며시 미소 지었다.

"네가 진심으로 도전할 생각이라면, 나도 도울게."

그 말이 준키의 망설임을 없앴다.

준키는 혼자 생각하고 있던 소재를 한꺼번에 쏟아냈다. 학교 강의를 들으며 흥미롭다고 생각한 연구, 아버지가 사라졌을 때 가슴을 찢던 쓸쓸함, 무료숙박소에서 본 고요한 아침 해. 어떤 인생을 살아온 등장인물에게 그런 것들을 녹여낼까.

켄스케는 퍼즐 조각을 끼워 맞추듯, 준키가 쏟아낸 소재로 이야기를 엮었다. 준키는 그 노련함에 감탄하면서도, 그가 양보할 수 없는 부분까지 바꾸어 버릴 때는 당당하게 반론했다. 시오미 하루의 작품을 두고는 이런 토론을 자주 했지만, 타테이 준키가 쓴 이야기를 주제로 대화하는 것은 처음이었다.

분신으로 산 지 1년 8개월이 되던 어느 밤.

타카기 켄스케가 사라지기 4개월 전이었다.

★

벚꽃에는 향기가 있다.

달콤하고, 부드럽고, 어쩐지 아련하고, 사람의 마음을 어루만지는 향기.

어린 시절의 준키는 그렇게 주장하다가 자주 놀림을 받았다. 벚꽃에 향기 같은 건 없다고. 준키는 외로웠다. 아무리 말해도 친구들은 기분 탓이라며 비웃었다. 반 아이들이

우르르 학교 정원으로 몰려가 벚꽃 냄새를 맡더니, 아무 냄새도 나지 않는다고 못을 박았다.

준키는 그런 과거의 기억을 떠올리다가 택시에서 내려 공기를 깊이 들이마셨다.

달콤한 향기가 난다.

산벚꽃 냄새이다.

이 품종은 왕벚꽃과 달리 은은한 향기가 난다.

준키가 찾아간 곳은 칸토 변두리에 있는 산기슭이었다. 거기에는 이백 그루쯤 되는 산벚나무가 심겨 있었다. 해가 저물었는데도 흐드러진 벚나무 아래에 벚꽃축제용 파란 방수포가 깔려 있었다. 포장마차도 잔뜩 늘어서 있어 소스 타는 냄새와 벚꽃 냄새가 섞여들었다.

빛이 드는 장소는 포장마차 근처뿐이었다.

산 정상을 올려다보았지만, 너무 어두워서 검은 영혼이 그곳에 눌러앉은 것만 같았다. 낮이었으면 녹음 속에서 분홍색으로 빛나는 산벚꽃을 볼 수 있었을 것이다.

조명을 등지고 걸음을 옮겨 산으로 들어갔다. 주변이 어둠에 싸여 발밑을 분간하기 어려웠다. 의지할 것은 기슭에서 올라오는 희미한 조명과 달빛뿐이었다. 마음이 차분함을 되찾아서 무섭지는 않았다.

그는 틀림없이 여기에 온다, 라고 준키는 스스로 되뇌었다.

만약 오늘 오지 않더라도 며칠 내로 반드시 올 것이다. 달리 생각나는 곳은 없었다.

이 벚꽃축제 행사장 어디에 나타날지까지는 알 수 없었다.

지금 믿어야 할 것은 타카기 켄스케와 함께한 날들. 소설을 두고 토론하느라 지친 머리를 식히려고 산책할 때면 두 사람은 목적지도 정하지 않고 걸었다. 함께 산 지 1년이 넘었을 즈음, 켄스케가 가고 싶어 하는 방향을 눈치로 알 수 있게 된 준키는 그의 의견을 묻지 않고도 골목을 꺾곤 했다. 마지막 순간에 의지할 것은 타카기 켄스케의 '분신'인 준키의 직감이었다.

산에 오르자 경치 좋은 절벽이 나왔다. 시야가 탁 트였다. 파도가 부딪칠 때마다 발광하는 갯반디처럼 거리의 빛이 반짝거렸다. 달콤한 냄새가 또다시 콧속을 간질였다.

그 사람은 산벚나무 아래에 서 있었다.

"…켄스케."

"준키?" 켄스케가 뒤를 돌아보고 고개를 갸웃거렸다.

조금 더 놀라기를 기대했는데, 라고 생각하며 준키는 내심 아쉬워했다.

켄스케의 차림새는 평소와 똑같았다. 소매까지 깔끔하게

다린 흰 와이셔츠, 그리고 새까만 슬랙스. 오른손에는 쪽빛 배낭을 들었다. 어두워서 잘 보이지 않았지만, 켄스케는 분명 깊은 눈동자로 준키를 보고 있을 것이다.

"대단하다. 용케 여기를 알아냈네."

그 말과는 달리, 켄스케의 목소리에서는 놀란 감정을 찾아볼 수 없었다.

"고생 좀 했어."

"그랬겠지."

이상한 느낌이었다. 켄스케를 만나면 먼저 한소리 퍼부으려고 했는데, 목구멍에 걸려서 말이 나오지 않았다. 뭐부터 물어야 할까. 그 답을 이끌어 내기까지 시간이 걸렸다.

"요시다 마이는… 아직 살아 있어?"

준키의 질문에도 켄스케는 큰 반응을 보이지 않았다.

"네 눈으로 확인해볼래?"

그는 장갑을 끼고 있었다. 고무장갑. 어쩌면 방금 그 고무장갑을 사용했을지도 모른다.

"이쪽으로 와, 내 분신."

장갑을 낀 채 살인마가 작게 미소 지었다.

타카기 켄스케는 산속으로 들어갔다.

기슭에 설치된 벌룬형 타워라이트와 하늘에 뜬 달이 희

미하게나마 빛을 밝혀 주었다. 하지만 켄스케는 달빛조차 나무에 가려져서 완전한 암흑을 이룬 곳으로 나아갔다.

준키는 마음을 굳게 먹고 켄스케의 목소리가 들리는 쪽으로 걸음을 옮겼다. 길이 험하지는 않았다. 중턱까지는 차를 타고도 갈 수 있는 산이었다. 콘크리트로 정비된 곳을 신중하게 밟으며 가면 추락할 일은 없을 것이다.

준키가 스마트폰 손전등을 켜자, 켄스케가 끄라고 했다.

마치 도주 중인 사람 같았다.

아무에게도 들키지 않도록 조심스럽게 산속으로 들어갔다.

준키는 켄스케의 발소리가 나는 방향으로 계속 걸었다.

옆에 낭떠러지가 있는지 공기가 갑자기 서늘해졌다. 조심스럽게 손을 뻗는데 딱딱한 돌벽이 만져졌다. 손가락이 돌벽을 스쳤다. 앞이 보이지 않으니 다른 감각이 잔뜩 예민해졌다.

"말할 것도, 묻고 싶은 것도 많겠지."

먼저 입을 연 사람은 켄스케였다.

암흑 속에서 켄스케의 목소리와 발소리가 들려왔다.

"그런데 내가 먼저 질문해도 될까? 어떻게 여기까지 알아냈어?"

켄스케의 주민등록표를 얻어 과거를 쫓은 것, 타카기 테츠야와 미네 소우이치, 이사키 시노를 만나 정보를 긁어모은 것을 털어놓았다.

"네가 사람을 죽인 것까지 알아냈어. 전부 네 여동생 요시다 마이를 위해서였지?"

켄스케는 반응하지 않았다. 묵묵히 산길을 걸을 뿐이었다.

살인 혐의를 전부 부정해줄지도 모른다는, 그런 얄팍한 기대를 준키는 아직도 버리지 못했다. 켄스케의 아버지, 어머니, 사카에다, 모두 정황 증거만 있을 뿐이다. 준키는 자신이 착각한 것이기를 바랐다. 켄스케의 입에서 다른 진실이 나오기를 바랐다.

하지만 이제 와서 그런 안일한 바람이 이루어질 수는 없나 보다.

"첫 번째 살인은 네 호적을 얻기 위해서였어. …하지만 다른 이유도 있었지?"

준키는 묵묵부답인 켄스케에게 말을 던졌다.

"어머니가 아이를 낳았잖아? 너는 동생을 무호적 아동으로 만들지 않으려고 아버지를 죽였어."

가정폭력을 행사하는 남편을 피해 도망치는 상황에서는 둘째 아이가 태어나더라도 출생 신고를 할 수 없다. 호적을 얻지 못한다면, 요시다 마이도 타카기 켄스케처럼 초등학교에 다니지 못할 것이 뻔했다.

준키는 추리를 이어갔다.

"두 번째 살인은 말할 것도 없어. 여동생을 어머니의 손아귀에서 구하기 위해서였지."

타카기 켄스케는 호적을 얻어 무사히 초등학교에 다니게 되었다. 하지만 어머니와 함께 살지 못하고 타카기 테츠야에게 입양되었다. 그때 여동생과 생이별했다.

동생을 다시 만났을 때, 켄스케는 얼마나 큰 충격을 받았을까.

그리고 우여곡절 끝에 두 사람은 좁은 집에서 함께 살기 시작했는데….

"왜 거기서 살인을 멈추지 못했어?"

물론 이미 짐작은 간다. 그래도 나무라고 싶었다. 그것은 켄스케가 아니라 더 크고 운명적인 무언가를 향해 쏟아붓는 저주였다.

타카기 켄스케와 요시다 마이는 둘이서 행복하게 살기를 원했다.

가장 솔직한 바람이었다.

준키는 켄스케를 가만히 응시했다.

먹처럼 검은 그의 머리카락은 거의 어둠에 동화되었다.

"순결한 영혼 때문이었달까?"

얼어붙을 듯 차가운 목소리. 감정이 느껴지지 않았다.

등골이 서늘했다.

"네 추리는 거의 다 정답이야. 조금 보충하자면, 나는 그때 일곱 살이라 법을 몰랐어."

그래도 아버지를 죽이지 않는 한 여동생도 자기처럼 불행해진다는 것을 직감적으로 알았나 보다.

"병균 같아."

켄스케는 천천히 말을 뱉었다.

"아버지라는 사람이 퍼뜨린 병균이 사람들을 감염시켜. 아버지의 폭력 때문에 우리 어머니는 도망 다니면서 가난하게 살 수밖에 없었어. 어머니는 돈에 집착했고, 딸을 희생시켜 사카에다 시게미치한테서 돈을 뜯어냈지. 돈을 갚지 못해서 곤경에 처한 사카에다 시게미치는 다른 사람을 공갈하는 범죄를 저질렀어. 아버지의 병균이 사람들을 감염시키고 쇠약하게 만들어. 한번 감염되면 도망칠 수 없어. 저항하고 싶어도 남은 힘이 없거든. 혼자서는 어떻게 할 수 없어. 헐떡이며 괴로워하고 한탄하고 슬퍼하면서, 때로 다른 사람을 상처 입히면서 일생을 살아가는 거야."

목소리에 괴로운 감정이 배어났다.

"갓 태어났을 때는 아름답던 영혼도 점점 더러워지고 사라지고 잊혀 가."

켄스케의 등이 애수에 잠긴 것처럼 보였다.

어머니를 떠올리는 중일까. 켄스케가 목숨을 빼앗은 그녀의 장례식에도 많은 사람이 참석했다고 한다. 다가올 미래를 상상하며 친구와 함께 조잘거리던 날이 그녀에게도 있었을 것이다.

준키도 사카에다 시게미치를 떠올렸다. 그에게도 사랑을 쏟는 부모가 있었다. 고향에서는 어떤 어린 시절을 보냈을까.

―그들은 어쩌다가 길을 잘못 들었을까.

가슴이 미어지는 아픔을 견디며 준키는 질문을 이어나갔다.

"왜 나를 분신으로 선택했어?"

"그 이유는 너도 어느 정도 눈치챘잖아. 여기까지 알아낸 걸 보면."

"네 입으로 듣고 싶어."

"시간 벌기랄까? 사카에다 시게미치를 죽인 뒤에 바로 체포될 수는 없었어."

"다른 이유는?"

켄스케는 그 질문에 대답하기 전 걸음을 멈추었다. 손전등을 꺼내 숲속을 비추었다. 어둠에 익숙해진 준키의 시야가 순간 하얗게 물들었다가 서서히 빛에 적응했다.

켄스케는 콘크리트로 포장된 길을 벗어나 숲속으로 갔다. 완만한 내리막길에는 마른 잎들이 쌓여 있었다. 발을 헛디디면 골짜기 밑으로 떨어질 것만 같아 무서웠다.

켄스케가 보여주려고 하는 것은 이 길 끝에 있는 모양이다.

준키는 이미 마음의 준비를 했다. 이곳에서 켄스케를 발견할 수 있었던 이유는 그의 살인에서 규칙을 찾아냈기 때문이다. 그는 감염에 비유했지만, 피해자들은 서로 어느 정도 연관이 있었다.

켄스케의 걸음이 느려졌다.

"준키, 넌 내 신분증을 이용해서 과거의 정보를 모았지. 때로는 나인 척하면서."

"그래⋯. 맞아."

"나도 똑같은 일을 할 수 있다는 생각, 안 해봤어?"

켄스케가 조용히 말했다.

"네가 네 신분증을 방치한 2년 동안, 나는 타테이 준키의 신분증을 얼마든지 사용할 수 있었어. 타테이 준키로 살면서 과거를 되짚었고, 너한테 들은 정보로 너인 척 다른 사람을 불러낼 수 있었지."

두 사람이 처음 만났을 때, 켄스케는 타테이 준키의 신분증을 맡았다. 대신에 준키는 타카기 켄스케의 신분증을 받았으니 그것을 딱히 신경 쓰지 않았다.

타카기 켄스케는 거목 앞에서 걸음을 멈추고 손전등을 비추었다.

나무 그늘에 숨듯 한 남자가 쓰러져 있었다.

"나는 네 아버지를 죽였어."

준키는 아버지의 시신을 바라보았다.

상상 이상의 충격은 없었다. 처음 본 시신, 그것도 아버지였던 사람의 시신. 준키는 머뭇거리지도 않고 냉정하게 그의 최후를 확인했다. 죽은 지 오래되지 않은 듯했다. 끈이 끊어진 마리오네트 인형처럼 사지를 아무렇게나 늘어뜨린 채 거목에 기대어 있었다. 목 언저리에서 새빨간 피가 흘렀다. 출혈이 적은 깨끗한 시신이었다.

준키는 자신의 아버지, 타테이 토시로가 타카기 켄스케의 다음 표적임을 예상했다.

예전에 켄스케에게 이 벚꽃축제 행사장이 가족의 추억이 있는 장소라고 말했다. 만약 준키의 이름을 이용해 타테이 토시로를 죽일 계획이라면, 이곳으로 불러낼 줄 알았다.

그리고 아마도 아버지는….

타테이 토시로의 목에 길쭉한 막대 같은 것이 솟아 있었다. 범행에 사용된 도구였다. 켄스케가 애용하던 볼펜.

요시다 마이가 켄스케에게 준 선물이었다.

"네 질문에 대답할게." 켄스케가 말했다. "요시다 마이는 죽었어."

준키는 그저 가볍게 고개를 끄덕였다. 그것 또한 예상한 결과였다.

"사인은 자살이었어?"

켄스케가 의외라는 듯이, 용케 알았네, 라고 말했다.

네가 살던 오래된 집에 협박장이 있었으니까, 라고 준키가 말하자, 켄스케는 감탄했다.

전부 《말뚝》 초안에 적힌 내용이었다.

궁핍한 살림과 초췌한 타카기 켄스케. 요시다 마이는 오빠를 생각해서 자신도 돈을 벌 방법을 찾으려고 했다.

"요시다 마이가 타테이 토시로를 만났지?"

그야말로 운이 나빴다. 타테이 토시로는 '학생, 주부 상관없이 누구든 할 수 있다'는 점을 강조하면서 인터넷 비즈니스 세미나를 열었다. 첫 강의는 무료. 돈도 없고 아르바이트도 할 수 없는 요시다 마이가 광고지를 발견했고, 덫에 걸려들었으리라.

"아니, 정확히는 재회한 거였지." 준키가 정정했다.

"그런가 보더라." 켄스케가 동의했다. "타테이 토시로가 사카에다 시게미치의 차를 받았을 때, 뒷좌석에 타고 있던 사람이 요시다 마이였어."

준키는 예전에 타테이 토시로가 받은 공갈 협박을 떠올렸다. 사카에다 시게미치는 아버지에게 '딸을 다치게 한 치료비'를 청구했다. 하지만 경찰이 말하기를 사카에다 시게미치에게는 처자식이 없다고 했다. 사고 당시 동승자 중에 딸이 있었을 리가 없다. 사카에다는 요시다 마이를 딸로 속이고 치료비를 청구한 것이다.

그러니 그 재회는 최악이었다.

타테이 토시로는 파멸의 원인인 소녀를 보고 어떤 계획을 세웠을까.

"타테이 토시로는 사카에다 시게미치와 요시다 마이를 부녀로 착각해서 우리한테 돈을 뜯어 갔어."

켄스케는 시신에 서늘한 눈빛을 던졌다.

준키는 우편함에 빽빽이 들어차 있던 협박장을 떠올렸다. 추잡한 비방을 쏟아부은 글들.

"마침 내 데뷔가 정해지던 시기였어."

켄스케가 손전등을 껐다. 주변이 다시 암흑에 휩싸였다.

"세상의 기준으로 보면 나는 그냥 미성년자인 여자애를 납치한 거야. 만약 타테이 토시로가 신고했으면 체포됐을지도 몰라. 내 동생은 착한 아이였어. 내게 피해를 주지 않고 해결할 방법을 생각해냈지."

켄스케가 말했다.

"신원을 알 수 없는 소녀의 시신이 발견되고 나서 모든 게 끝났어."

켄스케는 그 이상 말하지 않았고, 준키도 더 묻지 않았다.

시오미 하루의 세 번째 작품 《말뚝》은 시종일관 손을 잡고 있던 주인공과 여주인공이 마지막에 손을 놓으면서 끝난다.

"싹을 잘라야 했어."

비통함이 느껴지는 목소리였다.

"아버지가 퍼뜨린 병균을 없애지 않은 내 탓이야. 진작에 사카에다 시게미치를 죽였으면 타테이 토시로가 악에 물들지도 않았을 거야. 진작에 타테이 토시로를 죽였으면, 내 동생이 죽지도 않았을 거야. 사카에다 시게미치나 타테이 토시로가 더 큰 악을 낳고 더 많은 희생자를 만들기 전에, 이 세상에 존재하는 영혼들을 오염시키기 전에, 아버지가 퍼뜨린 병균을 전부 없애야 했어."

"그런 걸로 살인을 정당화할 수는…."

"법은 우리를 구할 수 없어."

켄스케가 강렬한 눈빛으로 쳐다보자, 준키는 말문이 막혔다.

"알잖아? 나는 일곱 살 때까지 법적으로 존재하지 않는 사람이었어. 법은 세상에서 잊힌 우리를 도와주지 않았어."

불길한 그의 두 눈동자가 달빛에 반사되어 암흑 속에서 빛났다.

슬픈 살인마가 거기에 있었다.

달리 할 말이 떠오르지 않았다.

준키가 아무 말도 못 하고 가만히 있는데, 켄스케가 숨을 내쉬는 소리가 들렸다.

"아무튼 나는 여기까지야."

준키가 무슨 말이냐고 되묻기도 전에 비탈길 위쪽에서 발소리가 들렸다. 고개를 든 순간, 눈부신 빛에 휩싸여 머리가 어지러웠다. 강한 빛이 두 사람을 비추었다.

준키는 손으로 빛을 가리며 맞은편에 있는 것이 누구인지 확인했다. 역광 때문에 제대로 보이지는 않았지만, 여러 명이 이쪽을 내려다보는 것 같았다.

켄스케가 억양 없는 목소리로 중얼거렸다.

"경찰에 발각된 것 같네."

심장 박동이 빨라졌다.

켄스케의 말처럼 그들은 경찰이었다. 자세히 보니 준키를 심문한 형사도 있었다. 대충 봐도 여섯 명 정도. 불과

30미터 앞에 경찰관들이 죽 늘어섰다.

준키는 놀라서 뒤를 돌아보았다.

그들이 손전등을 비춘 곳에는 타테이 토시로의 시신이 있었다. 사후경직이 시작되기도 전이라 목에서 피가 흐르는 시체였다.

형사가 고함쳤지만, 준키의 귀에는 아무 소리도 들리지 않았다. 어쩌다 들켰지? 라는 의문만 머리를 가득 메웠다.

"미행당했구나." 켄스케가 중얼거렸다. "괜찮아. 언젠가는 이런 결말을 맞을 운명이었어. 목표를 다 이룬 뒤라서 다행이다."

준키는 켄스케가 살던 오래된 집에 찾아갔다가 느낀 시선을 떠올렸다. 낮에 경찰서에서 나온 뒤로 계속 미행당했는지도 모른다. 지금 생각해보니, 켄스케는 이런 상황을 우려해서 준키에게 '쫓지 마'라는 메시지를 보낸 것 같다.

켄스케는 해탈한 사람처럼 온화한 표정이었다.

"이제 이별이네. 경찰한테는 '내가 타테이 준키의 아버지를 인질로 잡아서 협박했다'고 말할게. 나중에 변호사 통해서 돈도 보낼 거야."

"뭐라고? 무슨 돈?"

"보상금. 너는 그냥 피해자야. 무혐의 처분으로 끝나겠지. 그러니까 그 돈으로 집을 구해. 허리도 다 나았고, 자격증을 딸 수 있을 만큼 공부도 했잖아. 부자는 아니어도, 이제 돈 때문에 죽을 생각은 안 해도 돼."

켄스케는 경찰들을 향해 한 발짝 걸음을 내디뎠다.

체포되기를 바라는 뒷모습이었다.

"아직," 준키가 황급히 켄스케를 불러세웠다. "아직 안 가르쳐줬잖아. 우리의 분신 생활에는 어떤 의미가 있었어? 우리 아버지를 죽이는 것 말고도 다른 목적이 있었잖아."

켄스케가 걸음을 멈추고 돌아보았다.

"너를 구하고 싶었어."

"나를?"

"우리 아버지가 퍼뜨린 악과 가난이라는 바이러스와 싸우고 싶었어. 아버지가 어머니를 괴롭혔기 때문에 어머니는 사카에다를, 사카에다는 타테이 토시로를 고통스럽게 했지. 그 끝에 있는 피해자를 단 한 명이라도 구하고 싶었어. 더 많은 악의 연쇄가 일어나기 전에 막고 싶었어. 세상이 잊어가는 영혼을 구하고 싶었어."

겨우겨우 찾아낸 네가 스스로 목숨을 끊으려 했을 때는 정말 당황했어, 라고 켄스케는 자조하듯 중얼거렸다.

"나는 만족스러워. 네 명을 죽인 살인마가 그 결말로 누군가를 구했다면, 충분하고도 남을 해피엔딩이야."

준키는 아연실색해서 켄스케를 마주 보았다.

부정할 말을 찾았다.

겨우 자신이 구원받은 것으로 해피엔딩이라니 말도 안 된다. 그렇게 생각하며 주먹을 쥐었다.

켄스케는 이미 이 결말을 각오했나 보다. 두 사람이 처음 만나기 전부터 이런 최후를 상상했을까.

"잘 지내." 하면서 켄스케가 걸음을 뗐다. 저항하지 않겠다는 듯 두 손을 들고 손전등 빛 쪽으로 걸어갔다. 경찰은 순순히 상황을 받아들이는 켄스케를 보고 안심했는지 긴장을 풀었다.

준키는 가슴 언저리가 뻐근해지는 것 같았다.

하고 싶은 말이 있지만 목소리가 나오지 않았다. 마치 목구멍이 막힌 것처럼.

뒤에 있는 아버지의 시신을 보았다. 분노가 용솟음쳐서 켄스케의 무방비한 뒤통수를 후려칠까 생각했다. 동시에 멀어지는 등에 대고 고맙다고 말할까도 생각했다. 이별을 아쉬워하는 말이 수없이 머리를 스쳐 지나갔다. 어디선가 새가 울었고, 그 울음소리가 멈출 때까지 수많은 선택지가 머릿속에서 소용돌이쳤다. 그중 하나를 골라야만 하는 잔혹한 상황을 원망하다가, 금방 터져 버릴 비눗방울처럼 공허한 미래를 떨치고 결단했다.

준키는 한 걸음을 크게 내딛고는 켄스케의 팔을 세게

잡았다. "도망가자."

"어째서?" 켄스케가 눈을 휘둥그레 떴다.

"나중에 얘기해! 빨리 뛰어!"

켄스케의 팔을 힘으로 잡아당겼다. 켄스케의 몸이 맥없이 흔들렸다.

준키의 난폭한 행동에 경찰이 소리를 질렀다. 쥬키는 그 목소리를 귓등으로 흘리고 켄스케를 잡아끌며 산속으로 내리달았다. 뒤에서 경찰이 허둥지둥 비탈길을 내려오는 소리가 들렸다.

손전등 빛이 준키와 켄스케의 뒤를 쫓았다. 준키는 그 빛에 의지하지 않고 길이 아닌 길을 달렸다. 빛에서 벗어나 맞닥뜨릴 어둠보다 경찰의 고함이 더 무서웠다.

켄스케는 준키에게 저항하지 않았지만, 얼굴에 당황한 기색이 역력했다.

"이제 됐어. 난 자수할 거야. 그걸로 다 끝이야."

당혹스러움이 묻어나는 목소리였다. 당장이라도 준키의 손을 뿌리치고 경찰에게 갈 것만 같았다.

준키는 그의 태도가 마음에 들지 않아 손에 힘을 주었다.

"너는 두 명을 살해한 혐의가 있어."

"혐의가 아니라 사실이야."

"사형되면 어쩌려고!"

준키가 소리를 질렀다.

일본 법원이 사형 판결을 내릴 때는 살해 피해자의 머릿수를 기준으로 삼는다고 배웠다. 계획성이나 잔학성 같은 요소도 고려하기 때문에 일반화할 수는 없지만, 두 명 이상을 죽인 사람에게는 사형 선고가 떨어지기 쉽다고 했다.

준키가 타카기 켄스케를 찾던 것도 그런 이유 때문이었다.

타카기 켄스케가 또 살인을 저지른다면 그는….

그때 준키는 발이 미끄러져 켄스케와 함께 비탈 밑으로 떨어졌다. 암흑 탓에 낭떠러지가 있는 줄 몰랐다. 다행히 완만한 낭떠러지였지만, 10미터 정도 떨어졌다. 중간에서 뻗어 나온 나뭇가지가 얼굴을 할퀴어 뺨이 따끔했다.

땅에 착지한 준키는 뺨을 눌렀다. 손끝에 끈적한 피가 느껴졌다. 뺨을 긁힌 듯하다.

경찰과는 거리가 벌어졌다. 경찰은 낭떠러지 위에서 손전등을 흔들며 준키와 켄스케를 찾고 있다. 이때 서둘러 도망가야 한다.

준키는 다시 켄스케의 팔을 잡아끌었다.

이번에는 그도 저항했다. 자리를 뜨려고 하지 않았다.

"현실적으로," 켄스케의 냉정한 목소리가 울렸다. "어차피 경찰한테 잡히게 돼 있어."

옳은 판단이었다. 어두운 산길을 계속 걸어가는 것은 자살 행위나 다름없다. 운 좋게 경찰의 눈을 피하더라도 영원히 범죄자로 쫓기게 될 것이다.

하지만 준키는 반발할 수밖에 없었다.

"소설은 어떻게 하고?!"

꿈쩍하지 않는 켄스케를 설득했다.

"넌 줄곧 소설을 써왔잖아. 세상이 너에게 관심을 두지 않아도, 잊어버려도, '우리가 여기에 있다'고 말하고 싶어서, 조금이라도 사람들의 마음에 흔적을 남기고 싶어서, 누군가를 구하고 싶어서!"

"그저 바람일 뿐이야. 동생이 죽고 나서 어렴풋이 깨달았거든. 나는 못 해. 아무리 시간과 노력을 들여도 이상적인 소설에 닿을 수가 없어. 내 이야기는 어차피 남의 일로 끝나. 마음에 남지 않아. 아무것도 바꿀 수 없어. 네가 도와준 세 번째 작품도, 사람들은 가여운 소년의 이야기라고 찬사를 보낸 뒤에…, 언젠가 잊어버릴 거야."

켄스케의 눈동자에 체념이 가득 차 있었다.

"나도 다른 수단을 택하고 싶었어. 그들의 영혼을 구할 이야기를 쓰고 싶었어. 하지만 내가 할 수 있는 건 살인뿐이었어. 법정에서 사형 선고를 받을 때 나는 동생과의 추억을 이야기할 거야."

매일 방에 틀어박혀 컴퓨터를 들여다보던 켄스케의 모습이 떠올랐다. 소설을 운운하며 어르고 달래도 지금의 그는 꿈쩍하지 않을 것 같다.

계속 찾았다는 말인가. 살인이 아닌 다른 선택지를.

그때 경찰의 손전등 빛이 다시 준키와 켄스케를 비추었다. 포위해서 접근하라고 지시하는 목소리도 들렸다.

시간이 없다.

"요시다 마이가…!" 준키가 절규했다. "요시다 마이가 이사키 시노에게 편지를 보낸 거 알아?"

그러자 켄스케가 처음으로 반응다운 반응을 보였다.

"내 동생이 이사키에게…?"

"그래." 준키는 몰아붙이듯 켄스케의 어깨를 붙잡았다. "시기적으로 보면 요시다 마이가 자살하기 직전이었을 거야. 친구에게 유서 삼아 보낸 편지가 있어. '매일 즐겁게 지내고 있다. 오빠랑 같이 있어서 행복했다'라는 내용이었어! 마지막의 마지막 순간까지 요시다 마이는 너에게 고마워했다고! 마이는 네가 행복하기를 바라지 않겠어?"

켄스케가 한마디를 툭 던졌다.

"편지 내용은 그것뿐이야…?"

"내용을 전부 듣지는 못했어. 하지만 살아 있으면 그 편지도 읽을 수 있겠지."

그러니까 너는 도망쳐야 한다.

준키가 팔에 힘을 주었지만, 켄스케의 다리는 여전히 움직이지 않았다.

켄스케는 혼란스러워 보였다. 마치 인생 최대의 결단을 내리는 사람처럼, 당혹스러움이 얼굴에 묻어났다. 입을 살짝 벌리고 시선을 아래로 떨군 채.

이런 켄스케의 표정은 처음 본다. 위험할지도 모른다.

형사 한 명이 달려왔다.

그가 겨우 몇 미터 떨어진 곳까지 쫓아왔을 때, 켄스케가 드디어 움직이기 시작했다.

달아날 방향은 하나였다. 어두운 낭떠러지 밑으로 몸을 던졌다. 발끝에 신경을 집중해 땅을 미끄러져 내려갔다. 허벅지가 나무에 부딪혔다. 하지만 아파할 여유가 없었다.

낙하가 끝나자, 준키와 켄스케는 작은 목소리로 상대의 위치를 확인했다. 손을 뻗어 같은 장소에서 만났다. 땅의 감촉으로 보아 산길로 나온 듯하다. 경찰은 낭떠러지 위에서 팔짱을 끼고 보고만 있다.

산길에는 통나무 계단이 있었다. 그 통나무를 신중하게 밟으면서 가면 추락은 면할 수 있을 것이다. 또 낭떠러지에서 떨어지면 이번에는 정말 죽을지도 모른다.

"어쩔 생각이야?" 켄스케가 도발하듯 말했다. "기껏 설득해놓고 아무 계획도 없진 않겠지?"

준키는 입술을 깨물고 한 호흡에 말했다.

"내가 자수할게. '타테이 준키'가 사카에다 시게미치와 타테이 토시로를 죽였다고 위증할 거야."

켄스케가 숨을 삼키는 소리가 들렸다.

"잠깐. 네가 왜?" 켄스케가 목소리를 낮추었다. "설마 아직…."

"아니야. 이제 죽을 생각은 없어. 다만 '타테이 준키'에게는 명확한 살해 동기가 있어. 사카에다는 가정을 망가뜨렸고 아버지는 가족을 버렸어. 사정이 복잡한 '타카기 켄스케'보다 정상참작될 가능성이 커. 옛날과 달리 존속살해를 가중 처벌 하는 법은 없잖아? 징역형은 받겠지만 사형은 면할 수 있어."

준키는 타카기 켄스케와 동거했다는 사실을 경찰에 알리지 않았다. 그들이 아는 정보는 적다. 속일 수 있을지도 모른다.

켄스케의 얼굴에 당황스러운 빛이 어렸다.

"나는 네가 우리의 비밀을 경찰에 밝혔을 줄 알았어."

"그럴 리가 없잖아."

"이해가 안 돼. 아까도 물었지만, 네가 왜 그렇게까지

해?" 켄스케가 강조하듯 말했다. "나는 네 아버지를 죽였는데."

"용서하지는 않았어. 아무리 화근을 만들었어도, 아버지는 아버지야. 네가 한 짓은 잘못됐어. 너무 과격해. 하지만 그런 문제가 아니야. 올바르지 않아도 너는 내 은인이야. 그러니까 살아야 해."

켄스케의 대답이 돌아오기까지는 꽤 시간이 걸렸다.

희미한 숨소리와 발소리가 풀벌레 소리에 섞여 들었다.

준키는 계속 기다렸다. 전하고 싶은 감정은 전부 꺼내 놓았다.

이제는 그의 결단을 기다릴 차례였다.

이윽고 켄스케가 작게 웃음을 흘렸다.

오늘 너 때문에 여러 번 놀란다, 라고 중얼거렸다.

분한 것 같기도, 기쁜 것 같기도 한 목소리였다.

"네가 자수하려면 큰 문제를 해결해야 해." 켄스케가 걸음을 멈추고 땅바닥에 앉았다. "세세한 부분까지 입을 맞출 필요가 있어. 허점이 있으면 거짓말이 들통날 테고, 계속 말을 바꿔도 정상참작은 물 건너갈 거야."

"그래서?"

"훌륭한 이야기를 만들어야지."

준키도 바라던 바였다.

주변을 둘러보아도 손전등 빛은 보이지 않았다. 거리를 충분히 벌려서일까. 아니면 경찰이 어두운 산길을 무작정 수색해봤자 위험하다고 판단해 포기한 것일까.

준키는 걸음을 멈추고 켄스케 옆에 앉았다. 나란히 나무에 기대었다.

그리고 둘이서 경찰에 진술할 가상의 이야기를 만들었다.

거짓을 쌓아 나가는 작업에는 익숙했다.

사람들이 타테이 준키와 타카기 켄스케라는 캐릭터에 공감할 만한 살해 동기를 만들어내고, 거짓과 진실을 섞어 이야기를 만들었다. 눈물샘을 자극하도록, 하지만 너무 노골적이지 않도록.

켄스케가 스토리를 생각해내면, 준키는 부자연스러운 점을 찾아서 대안을 제시했다. 켄스케가 날카롭게 반론하면, 준키는 또다시 자신의 의견을 제시했다. 두 사람이 함께 입을 다물면 어째서인지 동시에 번뜩이는 아이디어가 떠올랐다.

"옛날 생각나네." 준키가 웃었다. "벌써 오래전 일 같지만, 우리 자주 이렇게 토론했잖아."

"넌 정말 매서웠어. 등장인물의 행동이 조금이라도 이상하면 지적했잖아."

이상한 느낌이었다.

준키는 경찰 조사를 받는 것이 얼마나 힘든지 뼈저리게 알고 있었다.

세세한 부분까지 잘 짜인 거짓말을 준비하지 못하면, 형사에게 어김없이 간파당할 것이다.

하지만 일말의 불안도 없었다.

켄스케와 함께 만든 이야기로는 온 세상도 속일 수 있다.

거의 끝이 보이자, 켄스케가 "잠깐 쉬자." 하면서 배낭에서 페트병을 꺼냈다. 그가 평소에도 즐겨 마시던 생수였다.

그가 뚜껑을 따서 먼저 준키에게 내밀었다.

사실 나도 이런 게 있어, 하면서 준키가 가방에서 텀블러 두 개를 꺼냈다. 2주년 선물로 사서 계속 지니고 다니던 물건이었다. 저녁으로 먹으려고 역 편의점에서 산 주먹밥도 있었다. 켄스케는 텀블러에 물을 따랐고, 준키는 켄스케에게 주먹밥을 내밀며 좋아하는 맛을 고르라고 했다.

둘이서 건배했다.

산길을 올라온 탓에 목이 말랐다. 준키는 받아든 물을 단숨에 들이켰다. 켄스케도 식사다운 식사는 몇 년 만인 것 같아, 라고 믿을 수 없는 말을 하면서 주먹밥을 베어 물었다.

준키는 산 공기를 크게 들이마셨다. 흙과 썩은 나무 냄새 사이로 산벚꽃 냄새가 났다. 근처에 산벚꽃이 피어 있는 모양이다.

켄스케가 머리 위를 가리켰다. 희뿌연 스마트폰 손전등을 비추었다.

아, 라고 준키가 목소리를 흘렸다. 두 사람이 기댄 나무가 산벚나무였다. 너무 어두워서 무슨 색인지 알아볼 수 없었지만, 냄새는 틀림없었다. 공중에 흩날리는 꽃잎을 잡아 손가락으로 짓이겼다. 과일처럼 부드럽고 달콤한 향기가 났다.

"벚꽃축제네." 켄스케가 태평한 목소리로 말했다. "준키, 다시 토론을 시작하기 전에 잠깐 내 추억담을 들어줄래?"

드문 일이었다. 켄스케가 먼저 그런 이야기를 꺼내다니.

켄스케는 댐의 수문을 열듯 이야기를 늘어놓았다.

무호적 아동으로 집에 갇혀 지내던 시절 창밖으로 보이던 불꽃놀이의 아름다움.

갓 태어난 요시다 마이의 손을 처음 잡았을 때 느낀 벅찬 감정.

미네와 함께 학교를 빠져나와 자판기에서 뽑아 마신 코코아의 달콤함.

훌쩍 자란 요시다 마이와 함께 찾아간 바다의 서늘함.

그녀와 살면서 처음으로 완성한 소설의 조잡함과 거기에 바친 열정.

그 하나하나가 보물이라도 되는 듯 켄스케는 이야기를 이어갔다.

준키는 자신이 이 대화를 절대 잊지 못할 것이라고 생각했다.

그런데 대화 도중에 이상한 느낌이 들었다.

"저기, 켄스케." 준키가 조용히 말했다. "…갑자기 졸리다."

"응. 슬슬 때가 됐다 싶었어."

켄스케가 페트병을 들어 보였다.

"준키, 너 대단하다. 나였으면 살인마가 건네는 물은 마시지 않았을 거야."

─수면제.

그러고 보니 경찰이 그런 말을 했다.

켄스케가 사전에 수면제를 샀다고. 원래는 살인에 사용할 용도였나.

"어째서…?" 혀가 꼬이는 느낌이었다.

의지와는 달리 머리가 무거워졌다. 온몸에서 힘이 빠져나갔다.

눈을 똑바로 뜰 수 없었다. 눈앞이 흐릿해졌다.

"사실은 네 아버지를 불러내려고 네가 쓴 소설을 보냈어."

켄스케가 불쑥 설명을 시작했다.

아들이라고 하면서 타테이 토시로에게 만나자고 했지만, 그는 좀처럼 만나주지 않았다. 아들과 다시 만나기를 주저하는 것 같았다. 그런데 준키가 쓴 소설을 보내자, 갑자기 반응이 달라졌다. 아들에게 사죄하고 싶다며 이 벚꽃축제 행사장으로 달려왔다고 한다.

"대단해. 너는 사람의 마음을 움직이는 소설을 쓸 줄 아는 거야."

그 결과로 일어난 비극을 지적할 생각은 들지 않았다. 자신의 이야기가 아버지에게 통했다는 사실을 기뻐할 상황도 아니었다.

흐릿해지는 의식 속에서 한 가지 의문만 또렷해졌다.

대체 켄스케는 뭘 꾸미는….

"─잘 가, 타카기 켄스케."

그는 짧게 말하며 가운뎃손가락으로 준키의 이마를 가볍게 튕겼다.

준키가 아무리 애원해도 몸은 마음처럼 움직이지 않았다. 이마에 가해진 힘을 거스를 도리가 없어 준키는 뒤로 쓰러졌다.

에
필
로
그

이사키 시노가 봉투를 열자, 봄 냄새가 물씬 풍겨왔다.

그녀는 갑자기 배달된 봉투를 동네 전망대에서 확인했다. 보육원 안에서 봉투를 열면 다른 아이들의 관심이 집중된다. 어떤 물건이 들었을지 모르니 당연한 조치였다.

평일에는 전망대에 사람이 없다. 역에서 15분을 걸어서 굳이 전망대밖에 없는 언덕을 올라오는 괴짜는 없기 때문이다. 혼자 있을 곳이 필요한 이사키에게는 아주 좋은 장소였다.

봉투 안에는 벚나무 가지와 비닐에 싸인 책이 들어 있었다.

편지는 없었다. 무슨 의미일까. 의아해하며 보낸 이의 이름을 확인했다.

보낸 사람은 타카기 켄스케였다.

"벌써 2년이나 됐구나."

2년 전, 타카기 켄스케가 기묘한 부탁을 했다. 타테이 준키라는 남자에게 조사를 멈추라는 말을 전해달라고. 이사키는 그 직후에 준키를 만났는데, 그는 자초지종을 이야기해주지도 않고 사라졌다.

결국 이사키는 타카기 켄스케가 왜 그런 부탁을 했는지 알 수 없었다.

그런데 그녀는 준키를 만나고 며칠 후에 소름 끼치는 뉴스를 목격했다.

'경시청은 아버지를 살해한 혐의로 무직 타테이 준키(21)를 체포했다.'

그의 뉴스는 마치 있으나 마나 한 덤처럼, 연예인 불륜을 다룬 뉴스가 끝난 뒤에 1분 정도 나왔다. 타테이 준키는 아버지를 벚꽃축제 행사장으로 불러내 살해했다고 한다. 그가 살인을 저지르기까지 생활을 돕고 방조한 남자도 불구속 입건되었다고 하는데, 무혐의 처분으로 끝났다는 모양이다.

이사키가 당황한 이유는 그 뉴스에 잠깐 나온 '타테이 준키'의 모습 때문이었다.

다른 사람 같았다. 바로 얼마 전에 그를 본 이사키만 알 수 있을 만큼 미묘한 차이가 있었다. 물론 착각일지도 모르지만….

타테이 준키의 재판은 계속되고 있다.

스기나미구 저수지에서 일어난 살인사건과도 관련이 있어 사형 선고를 받을 것처럼 보였지만, 범인의 사정이 보도되자, 여론은 그의 편이 되었다. 검찰 측은 징역 20년을 구형했다. 적어도 사형되지는 않을 것이다.

이사키는 다시 봉투를 확인했다. 봉투 겉면에는 아무런 메시지도 없었다. 봉투 안에 들어 있던 책은 시오미 하루라는 소설가의 단행본이었다. 눈에 익은 책이었다. 서점 매대에 잔뜩 쌓여 있던 기억이 났다. 이 책이 저자의 네 번째 작품이라는데, 이전에 낸 세 작품보다 훨씬 잘 팔린다고 들었다.

이사키는 찜찜함을 제쳐두고 첫 장부터 책을 읽어나갔다.

자기도 모르게 집중해서 읽었다.

소설에 빠져드는 감각을 태어나 처음으로 맛보았다. 손끝에 힘이 들어갔고 숨이 막혔고 탐닉하듯이 책장을 넘겼다. 중간중간 눈물이 흘러 몇 번이고 닦아내며 세 시간 동안 그 자리에 붙박인 채 푹 빠져 읽었다.

그리고…, 요시다 마이가 이미 이 세상에 없다는 현실을 받아들였다.

구체적으로 그녀를 가리키는 묘사는 없었다. 하지만 책을 다 읽음과 동시에 자신의 가장 친한 친구가 비극을 맞았음을 깨달았다. 한 번만 읽어서는 알 수 없을 정도로 미세하게 그녀의 최후가 아로새겨져 있었다.

이사키는 책을 끌어안고 목 놓아 울었다.

마이에게 마지막으로 받은 편지가 떠올랐다.

'매일 즐거워. 켄스케 오빠랑 같이 있어서 행복했어. 부탁해. 부디 나를 기억해 줘. 내 영혼이 여기에 있었다는 걸

기억해 줘.'

시오미 하루의 네 번째 작품은 그 소녀의 바람에 답하는 소설이었다.

잔혹한 이야기였지만, 확실한 구원이 있었다.

★

몸에서 힘이 빠져나갔다. 그대로 뒤로 쓰러지자, 낙엽이 바스러지는 소리가 났다.

─잘 가, 타카기 켄스케.

친구의 그 말을 듣는 순간, 나는 깨달았다.

나는 곧 의식을 잃을 것이다. 경찰에게 발견되는 것이 먼저일까, 내가 눈을 뜨는 것이 먼저일까. 답을 알 수 없지만, 아무튼 그때는 다음 날 아침일 것이다.

그사이에 내 친구가 경찰서에서 무어라 거짓 증언을 할지 상상이 되었다. 더는 막을 수 없었다.

"이번에는 내가 줄게, 내 이름을…."

내가 입을 열어 켄스케에게 말해 주었다.

"그리고 완전히 이어받을게, 너의 이름을."

친구는 살며시 기쁨의 미소를 지었다.

나는 안다. 네가 자신의 이름을 손에 넣은 과정을. 그래서 생각한다.

버려라. 이제 그만 너를 놓아버려. 내가 받아줄 테니. 이름뿐만이 아니야. 네가 못다 한 사명까지 그대로 이어받아줄게. 하지만 나는 너와 달라. 네가 포기한 방법으로 사명을 완수할 거야. 그러면 되는 거지?

그렇게 말하고 싶었다.

이제 목소리가 나오지 않는다. 눈꺼풀이 무거워지더니 시야가 어둠에 잠겼다.

—언젠가 또 보자.

친구의 목소리만이 귓가에 남았다.

—나를 구해줘서 고마워.

나는 마지막 힘을 짜내 고개를 끄덕였다.

★

마지막 장면을 몇 번이고 다시 읽었다.

폐쇄된 방에서 주인공의 친구는 여동생이 사라졌음을 한탄하고, 발버둥 치고, 괴로워하다가, 그래도 마지막에는 그녀의 유지를 가슴에 품고 열린 세상으로 걸음을 내디딘다.

이 글을 읽은 사람들은 잊지 않을 것이다. 가슴이 미어지는 아픔을 품은 채 살아갈 것이다. 그리고 언젠가 그들과 똑같은 영혼을 지닌 아이들을 구할 것이다. 그런 미래를 강하게 염원한다.

이 남매가 세상에 존재했음을 마음 깊이 새긴다.

그지없이 순수한, 진혼과 기도를 담은 이야기였다.

그들의 영혼이 여기에 있다.

옮긴이 권하영

일본 출판물 기획 및 번역가. 한국외국어대학교 일본어통번역학과를 졸업하고, 이화여자대학교 통역번역대학원에서 한일번역을 전공하였다. 《전남친의 유언장》,《루팡의 딸 2》,《루팡의 딸 3》,《루팡의 딸 4》,《죽인 남편이 돌아왔습니다》 등을 우리말로 옮겼다.

내가
나를
버린 날

초판 2023년 12월 14일 5쇄
저자 마츠무라 료야
옮긴이 권하영
ISBN 979-11-90157-53-7　03830

출판 북플라자
주소 서울특별시 강남구 학동로 329 5층
홈페이지 www.bookplaza.co.kr